Die Braut der Bestie

von Cathy McAllister

Historical Romance

Die Braut der Bestie
Cathy McAllisterdate word
Deutsche Erstausgabe 2013
Penciliatus Media Limited

Blog: http://www.cathymcallister-books.co.uk
Facebook: http://www.facebook.com/McAllisterCathy
Twitter: http://twitter.com/McAllisterCathy

Lektorat: Asta Hemmerlein
Coverdesign and Layout: jrlas.co.uk / Jay de Reschi /
Cover Images:
© JRLAS
© honored - Fotolia.com, © BortN66 - Fotolia.com

ISBN-10: 1490942033
ISBN-13: 978-1490942032

Das Verhalten der Personen in dem nachfolgenden Werk wird nicht von der Autorin zur Nachahmung empfohlen. Fiktive Personen können auf Kondome verzichten, reale Personen sollten dies natürlich nicht

Die Braut der Bestie

von Cathy McAllister

Historical Romance

Kapitel 1

Gisela starrte aus dem Fenster in den Burghof hinab. Dort hatten sich riesige Pfützen gebildet und jeder, der den Hof trockenen Fußes überqueren wollte, musste weite Bögen gehen. Seit sie hier auf Burg Trugstein angekommen war, hatte es ohne Unterlass geregnet. Es war, als wollte das Wetter sich mit aller Macht der Trostlosigkeit ihrer Lage anpassen. Sie war nicht freiwillig hier. Sie war kein Gast, auch wenn man sie so nannte. Doch eigentlich war sie eine Gefangene. Morgen würde sie mit der Bestie von Trugstein vor den Traualtar treten. Auf allerhöchsten Befehl. König Ludwig selbst hatte diese Ehe für sie arrangiert, nachdem ihr Bruder Fulk nicht von den Wikingern zurückgekehrt war und sie damit allein und ohne männlichen Schutz dastand. Wäre sie ein Mann gewesen, sie hieße jetzt Graf von Rabenfeld. Doch wie die Dinge standen, war sie eine Frau und konnte den Titel ihres für tot erklärten Bruders nicht übernehmen. Alles würde an ihren Gatten fallen. Alberic von Trugstein oder besser bekannt als die *Bestie von Trugstein*.

Würde Gisela nicht das ewige Höllenfeuer fürchten, hätte sie sich einfach aus dem Fenster in den Tod gestürzt. Die Versuchung war groß. Was war schlimmer? Ein Leben an der Seite eines Monsters? Oder das Fegefeuer? Tränen rannen über die blassen Wangen, doch sie hielt den Kopf aufrecht, die schmalen Schultern gestrafft.

Ihr Blick fiel auf die eindrucksvolle Gestalt eines Mannes, der über den Burghof schritt. Sein Gesicht lag im Schatten, doch sie wusste, wer er war. Seine riesige Erscheinung war unverkennbar. Er kam anscheinend vom Kampftraining. Das lange Haar stand ihm wirr vom Kopf. Haar, das so schwarz war wie sein Inneres. Manche flüsterten hinter vorgehaltener Hand, dass er seine Seele an den Teufel verkauft hätte. Er war ein Mann, den man überall fürchtete. Ruchlos, grausam, ein Barbar, nicht besser als diese wilden Nordmänner, die ihren Bruder auf dem Gewissen hatten.

Oh, warum hatte alles so kommen müssen? Ylfa, die Wikingerin, die Rabenfeld mit ihren Männern überfallen hatte, war ihr eine gute Freundin geworden. Den Angriff hatte ihr Bruder Fulk und seine Männer erfolgreich abgewehrt und Ylfa sowie drei ihrer Männer waren gefangen genommen worden. Zunächst wusste niemand, dass der Anführer der wilden Horde kein Bursche, sondern eine Frau war. Ylfa hatte ihre langen blonden Haare unter einem Wolfsfell verborgen und ihr Gesicht mit Ruß beschmiert, doch Gisela hatte ihre Tarnung recht schnell durchschaut. Als auch ihr Bruder hinter das Geheimnis seines Gefangenen gekommen war, hatte er die Wikingerin zu seiner Leibeigenen gemacht. Zwischen ihnen war eine starke Liebe entbrannt und Fulk hätte Ylfa wohl geheiratet, wenn nicht der König bestimmt hätte, dass entweder ihr Bruder die Schwester von Alberic, Jungfer

Genovefa, heirate oder Gisela sich mit Alberic selbst vermählte. Um seiner Schwester diese Ehe zu ersparen, hatte er schweren Herzens Ylfa zu ihrem Vater zurückgeschickt. Doch Ylfa musste ihren Vater unterwegs verpasst haben, denn wenig später tauchte Erik Olafsson, Jarl von Kalhar, auf der Festung auf und nach einem Zweikampf mit Fulk schleppte der Wikinger ihren Bruder davon. Seitdem hatte sie ihn nicht wieder gesehen. Es waren Monate vergangen. Der Winter war in den Frühling übergegangen und von Fulk gab es kein Lebenszeichen. Ungeduldig und nicht Willens, noch länger zu warten, hatte König Ludwig beschlossen, dass sie Alberic heiraten musste.

Die Tür öffnete sich, doch Gisela wandte sich nicht um. Sie starrte immer noch auf ihren zukünftigen Gatten hinab. Er diskutierte mit ein paar Männern, warf plötzlich den Kopf in den Nacken und lachte lauthals.

Dieser Bastard hat gut lachen, dachte Gisela grimmig.

„Jungfer Gisela, die Schneiderin ist da", erklang die Stimme eines der Dienstmädchen.

Seufzend wandte Gisela sich um.

„Nun gut. Schick sie herein", sagte sie kraftlos.

Die Schneiderin, eine altjüngferlich wirkende Frau Mitte zwanzig mit plumper Figur und dem Gesicht einer Feldmaus, trat mit ihren zwei Helferinnen ins Zimmer.

„Jungfer Gisela, das Kleid für dich ist so gut wie fertig. Wenn du es noch einmal anprobieren willst, damit ich die letzten Änderungen vornehmen kann", sagte das Mausgesicht.

Gefügig ließ Gisela die Anprobe über sich ergehen. Sie hatte ohnehin keine andere Wahl. Eigentlich hatte sie gehofft, im Sommer ihre Jugendliebe Brice zu heiraten, jedoch hatte sich diese Hoffnung hiermit zerstreut. Stattdessen würde sie ein Leben an der Seite eines Mannes verbringen, der für seine schwarze Seele berüchtigt war. Wenn sie überhaupt lange überleben würde. Alberics erste Frau hatte sich nach nur einem halben Jahr Ehe das Leben genommen. Man erzählte sich, sie habe Alberics Grausamkeit nicht länger ertragen können. Gisela lief ein Schauer über den Rücken, wenn sie an die arme Frau dachte. Und bald würde sie vielleicht dasselbe Schicksal erleiden.

Die Schneiderin hatte hier und dort noch etwas abgesteckt und nickte nun zufrieden.

„Sehr schön, Herrin. Du wirst eine wunderschöne Braut sein für unseren Herrn."

Gisela schwieg. Was sollte sie darauf schon antworten? Sie ließ sich aus dem Brautkleid helfen und wechselte in ihr weißes Untergewand mit dem bordeauxfarbenen Überkleid. Die Farbe stand ihr am besten. Es passte zu ihrem schwarzen Haar und dem hellen Teint. In dem beigefarbenen Hochzeitskleid kam sie sich so farblos vor. Obwohl sie zugeben musste, dass sie darin irgendwie ätherisch aussah. Sicher ein interessanter Kontrast zu Alberics dunkler Vitalität. Barbarisch oder nicht, ihr zukünftiger Gemahl war ein gut aussehender Teufel.

Mit einem Seufzer wanderte sie zum Fenster zurück. Alberic war mittlerweile verschwunden. Jäger kamen durch das Tor geritten. Sie hatten ein Dutzend Fasanen und einen Rehbock geschossen.

Anscheinend für das morgendliche Bankett. Es erinnerte sie an die schicksalhafte Nacht, als ihr Bruder Fulk und Brice, sein bester Freund, nach erfolgreicher Jagd ein kleines Bankett abgehalten hatten. Es war jene Nacht, in der die Wikinger ihre Festung angegriffen hatten. Sosehr sie Ylfa mochte, so hatte doch das Unglück mit ihrem Angriff seinen Lauf genommen. Nein! Das war nicht fair von ihr, so zu denken. Ylfa und Fulk liebten sich. Es war nicht ihre Schuld, dass der König alles durcheinandergebracht hatte. Hätte König Ludwig nicht auf die Ehe mit Genovefa bestanden, hätte Fulk Ylfa nicht weggesandt und dann wäre das Zusammentreffen mit Ylfas Vater ganz anders verlaufen. Gisela seufzte erneut. Sie fühlte sich rastlos. Wenn sie doch nur mit ihrer Stute über die Wiesen galoppieren könnte, doch es war ihr nicht gestattet, die Burg zu verlassen. In ihr herumzulaufen traute sie sich nicht, aus Angst, ihrem zukünftigen Gatten zu begegnen. Also schnappte sie sich ihre Stickarbeit und setzte sich in einen Sessel. Vielleicht würde die Handarbeit ihr helfen, an etwas anderes als die bevorstehende Hochzeit zu denken.

***

Alberic hatte die Füße auf einen Schemel gelegt und lauschte der Musik. Seine Freunde saßen mit ihm am Tisch in der großen Halle und lachten über zotige Sprüche, die sie zum Besten gaben. Es war eine Menge Ale geflossen und die Stimmung war ausgelassen. Eine Magd mit prallem Hintern und vollen Brüsten stellte einen neuen Krug vor ihm hin.

Alberic ergriff die Magd bei den Hüften und zog sie auf seinen Schoß.

„Nicht doch, mein Herr“, rief die Magd und kicherte, als er ihren Hals mit Küssen bedeckte.

„Spiel nicht die holde Jungfrau, Betty“, knurrte er und griff in ihren Ausschnitt.

„Hey Alberic, lass noch was übrig von der Kleinen. Deine Freunde sind einsam“, rief Ruben, sein bester Mann.

„Wo sind die anderen Mädchen?“, fragte Alberic eine vorbeilaufende Magd. „Wir könnten hier noch ein paar gebrauchen.“

„Ich werde mich darum kümmern, Herr“, versprach die Magd und eilte davon.

„Auf den besten Gastgeber und zukünftigen Bräutigam!“, rief Tassilo, Alberics Hauptmann und bester Freund, und erhob seinen Krug.

Die anderen Männer stimmten mit ein und sie tranken in langen Zügen, ehe sie die Krüge polternd auf dem Tisch abstellten.

Alberic hatte schon deutlich mehr als einen Krug zu viel, doch das war ihm egal. Morgen sollte er dieses farblose Kind heiraten. Sie war gerade erst sechzehn. Was sollte er mit so einem Mädchen anfangen? Er bevorzugte reifere Frauen, die wussten, wie sie einen Mann zufriedenstellen konnten. Und vor allem solche, die bereit waren, seine ungewöhnlichen Gelüste zu befriedigen.

Es war nicht seine Idee gewesen, wieder zu heiraten. Doch wer stellte sich schon gegen seinen König? Würde er eben dieses Kind heiraten und sie zurück auf ihre Festung schicken. Dann konnte er wieder machen, was er wollte. Und bis dahin würde er sich hier noch ein wenig amüsieren.

***

Gisela konnte nicht schlafen. Sie warf sich eine Weile unruhig auf dem Lager hin und her, dann gab sie es auf und schwang die Beine aus dem Bett. Sie würde sehen, ob sie in der Küche einen Becher Milch bekommen konnte. Sicher schlief schon alles. Sie nahm ihren Umhang und legte ihn über, dann verließ sie ihr Zimmer.

Auf dem Gang hallten ihr Gelächter und Musik entgegen. Anscheinend hatte sie sich getäuscht in der Annahme, dass alle bereits schlafen würden. Sie wollte schon wieder in ihr Zimmer zurückgehen, als sie doch die Neugier ergriff. Leise schlich sie den Gang entlang bis zur Treppe, die in die Halle hinabführte. Sie hielt den Atem an. Das Bild, das sich ihr bot, war ungeheuerlich. Ihr Zukünftiger saß dort unten mit seinen Freunden und feierte eine Orgie. Jeder Mann, ihr Zukünftiger eingeschlossen, hatte eine halbnackte Magd auf den Knien. Sie lachten und erzählten sich schmutzige Geschichten, dazu floss Alkohol offensichtlich in Strömen. Es war widerwärtig. Empört wandte sie sich um, doch in ihrer Hast stolperte sie und warf einen Eimer um, der achtlos mitten im Weg stehen gelassen worden war. Das laute Geräusch des Eimers, der die Treppe hinab polterte, sorgte für plötzliche Stille in der Halle. Gisela rappelte sich unbeholfen auf und ihr Blick glitt zurück zur Halle. Alle Augen waren auf sie gerichtet und auch ihr zukünftiger Gatte starrte sie direkt an. Dann verzog sich sein Gesicht zu einem Grinsen.

„Ah. Meine Zukünftige. Willst du dich ein wenig

mit uns vergnügen, meine Liebe?“, rief er und seine Freunde und die Mägde lachten.

Gisela errötete aus Scham und Wut. Sie ergriff ihren Mantel, zog ihn fester um ihre Gestalt, dann wandte sie sich ab und floh zurück in ihr Zimmer. Das laute Gelächter aus der Halle verfolgte sie. Mit klopfendem Herzen rannte sie durch den Flur bis zu ihrem Gemach. Panisch riss sie die Tür auf und floh hinein, die Tür hastig hinter sich verriegelnd.

„Gütiger Gott“, stieß sie ungläubig aus.

Was sie da eben zu sehen bekommen hatte, war ungeheuerlich. Nie hatte es im Haus ihres Bruders ein solches Gelage gegeben. Besäufnisse – ja. Doch Orgien? Dieser Mann war noch schlimmer, als sie gedacht hatte. Und das am Abend vor ihrer Vermählung. Mit Grauen wurde ihr bewusst, was ihr Zukünftiger von ihr erwarten würde. Nicht nur in ihrer Hochzeitsnacht. Immer, wenn ihm der Sinn danach stand. Sie würde sein Eigentum sein. Dass eine Frau ihrem Gatten die ehelichen Rechte verweigerte, war ausgeschlossen.

Sie schlug die Hand vor den Mund und setzte sich zittrig auf ihr Bett. Kein Wunder, dass seine erste Frau sich das Leben genommen hatte. Wer weiß, was diese arme Frau mit der Bestie alles zu erleiden gehabt hatte. Sie hatte gehört, dass manch ein Mann seine Frau sogar an seine Freunde weiterreichte. Würde sie all diesen Männern, die dort unten in der Halle feierten, vorgeworfen werden? Wenn doch nur ihr Bruder nicht darauf bestanden hätte, dass sie mit dem Heiraten noch wartete, dann wäre sie bereits Brice' Gemahlin und müsste nun nicht diesen Teufel zum Gatten nehmen.

Wie ungerecht war das Leben? Als Frau hatte sie

keinerlei Rechte. Erst war sie ihren Eltern unterstellt gewesen, dann ihrem Bruder und nun würde Alberic über sie verfügen. Während ihre Eltern und ihr Bruder sich noch liebevoll um sie gekümmert hatten, würde das Leben an der Seite der Bestie ihr sicher nichts Gutes mehr bereithalten. Gisela schlüpfte zitternd unter die Decken und rollte sich zusammen. Der Schlaf wollte sich nun erst recht nicht mehr einstellen und es war bereits kurz vor Morgengrauen, als es ihr endlich erschöpft gelang.

***

Die Zeremonie war an Gisela vorbeigezogen wie ein schlechter Traum. Angst und Verzweiflung hatte ihr Herz fest im Griff. Ihr war so übel, dass sie von dem üppigen Festmahl keinen Bissen zu sich nahm. Das Ale, das sie getrunken hatte, ließ ihr den Kopf schwirren. Stumm und starr saß sie auf ihrem Stuhl und versuchte, nicht an die bevorstehende Hochzeitsnacht zu denken. Was ihr nicht gelingen wollte.

Ihr Gemahl schien sich prächtig zu amüsieren. Der Geräuschpegel in der Halle war mittlerweile ohrenbetäubend. Die wenigen anwesenden Frauen hatten sich zurückgezogen, seitdem die Feierlichkeiten aufgrund des Alkohols langsam aus der Hand geraten waren. Gräfin Elenor und Jungfer Genovefa hatten nur der Zeremonie beigewohnt und hatten sich dann in ihre Gemächer begeben. Es war offensichtlich, dass diese beiden Frauen nicht auf ihrer Seite standen. Auch der alte Graf, Alberics Vater, hatte sich schon vor Stunden verabschiedet.

Seine Gesundheit schien nicht die beste zu sein. Nur von Gisela wurde erwartet, dass sie an der Seite ihres Gatten blieb, bis er es für richtig hielt, sich zurückzuziehen.

Plötzlich erhob sich Alberic neben ihr und ergriff sie am Arm, um sie in die Höhe zu ziehen. Mit klopfendem Herzen stand sie neben ihm, sich seiner großen Hand um ihren Arm überdeutlich bewusst. Dieser Mann war wirklich beängstigend groß. Gisela reichte ihm nicht einmal bis zum Kinn.

„Ich denke, es ist an der Zeit, dass ich mich mit meiner Braut zurückziehe", verkündete er. „Feiert ruhig weiter, meine Freunde. Lasst es euch gut ergehen."

Beifall und zotige Sprüche erklangen, die Gisela erröten ließen. Alberic zog sie mit sich und ihr blieb nichts anderes übrig, als hinter ihm herzustolpern. Vor einer Tür, von der sie wusste, dass sie in seine Gemächer führte, blieben sie stehen und er drehte sich zu ihr um, sie aus zusammengekniffenen Augen musternd. Gisela fühlte, wie ihr die Knie weich wurden, und ihr Herz schlug ihr förmlich bis zum Hals. Tränen traten ihr in die Augen und sie hätte sich am liebsten von ihm losgerissen, um den Gang entlang zu ihrem eigenen Gemach zu fliehen.

„Bringen wir es hinter uns", murmelte er und öffnete die Tür, um sie hineinzuschieben.

Sie durchquerten den Raum, bis sie direkt vor dem riesigen Bett standen. Die Angst vor dem Kommenden schnürte Gisela förmlich die Kehle zu.

„Bitte", flüsterte sie hilflos.

„Leg dich hin", ordnete er ruhig an und ging zu einer Truhe, um etwas herauszuholen. Als er sich wieder zu ihr umdrehte, stand sie noch immer wie angewurzelt, wo er sie zurückgelassen hatte. Er runzelte die Stirn. „Leg dich hin, sagte ich."

Zitternd tat sie, was er ihr gesagt hatte, und sie legte sich ganz an den hinteren Rand, so weit wie möglich von diesem Ungeheuer entfernt. Er trat näher und sie starrte auf das kleine Ding, das er in der Hand trug.

„Was ... was ist das?", fragte sie ängstlich.

„Schweineblut", erklärte er und stieg zu ihr aufs Bett.

Gisela starrte ihn verwirrt an.

„Sch-schweine-bblut?" Wollte er etwa irgendein heidnisches Ritual mit ihr durchführen? Sie konnte ihm wohl zutrauen, mit den Dämonen der Hölle in Kontakt zu stehen.

Er schaute sie mit einem seltsamen Blick an, den Gisela nicht deuten konnte, und seufzte.

„Komm Mädchen, bringen wir es hinter uns."

Alberic öffnete die Blase mit dem Blut und ergoss es über das Laken neben ihr. Dann hob er ihre Röcke an und schmierte ihr etwas von dem Blut zwischen die Beine. Seine Berührung an einer so intimen Stelle löste ein seltsames Prickeln in ihrem Bauch aus. Als er plötzlich an ihrem Oberteil zerrte, dass ein klaffender Riss entstand, schrie sie erschrocken auf. Dann wischte er sich die Hände vorsichtig an einem Tuch ab und griff ihr ins Haar, um es durcheinanderzubringen.

„Was ... was machst du?", fragte Gisela verwirrt.

„Die Leute erwarten, dass ich meinen ehelichen Pflichten nachkomme", erklärte Alberic. „Wenn du dieses Zimmer so sauber und adrett verlässt, wie du hineingekommen bist, dann wird niemand glauben, dass wir es wirklich getan haben. Außerdem brauchen wir einen Beweis, dass du deine Jungfräulichkeit verloren hast, deswegen das Blut. Wir warten eine angemessene Zeit, dann kehrst du in deine Gemächer zurück, wo die Mägde schon auf dich warten." Er grinste. „Vielleicht könntest du so tun, als wärst du sehr durcheinander, um meinen guten Ruf nicht zu schaden? Immerhin habe ich mir meinen Beinamen hart erarbeitet."

Gisela nickte stumm, doch sie war sich nicht sicher, ob sie verstanden hatte, was er ihr eben erklärt hatte. Hieß das jetzt, dass er nicht bei ihr liegen würde? Warum verhielt er sich so? Fand er sie unattraktiv? Sie sollte froh sein, immerhin hatte sie große Angst vor ihrer Hochzeitsnacht, vor ihm, gehabt. Doch neben der Erleichterung, die sie verspürte, fühlte sie sich aus unerklärlichen Gründen auch verletzt.

Alberic sah sie nachdenklich an.

„Da fehlt noch etwas", murmelte er. „Moment."

Er presste unvermittelt seinen Mund auf ihren und ihr Herz fing an zu rasen. Es war ein merkwürdiges, doch nicht unangenehmes Gefühl, von ihrem Gatten geküsst zu werden. Wenngleich sie es sich etwas zarter vorgestellt hatte. Er massierte ihren Mund mit seinem, nahm ihre Oberlippe zwischen seine Lippen und saugte daran. Dann ließ er plötzlich von ihr ab und musterte sie kritisch.

„Besser", urteilte er. „Jetzt sind deine Lippen geschwollen. Kein Mensch würde uns abnehmen, dass ich dich genommen, aber nicht geküsst habe."

Gisela schaute ihn verwirrt an. Wenn es eines gab, was sie mit Sicherheit sagen konnte, dann war es, dass ihr Gatte nicht in einem einzigen Punkt dem entsprach, was sie sich ausgemalt hatte. Er erschien ihr unberechenbar, vielleicht sogar verrückt. Warum verschonte er sie jetzt? Wollte er warten, bis keine Gäste mehr im Hause waren? Damit niemand hinterher sehen konnte, was er mit ihr gemacht hatte?

Als Alberic sie nach einer Weile entließ, brauchte sie den Mägden, die auf sie warteten, nichts vorspielen. Sie war ein Nervenbündel. All die Angst, die sie gehabt hatte, und dann das. Nie hätte sie damit gerechnet, dass er sie nicht anrühren würde. Aber aufgeschoben war eben nicht aufgehoben und sie würde weiter dem Moment entgegenzittern, wenn die Bestie von Trugstein schließlich doch noch zuschlug.

„Komm, Frau Gisela“, sagte eine Magd. „Ich habe dir ein Bad bereitet. Jetzt hast du es hinter dir.“

Die Mägde halfen ihr beim Auskleiden, dann stieg sie in die Wanne und ließ sich baden und das Haar waschen.

„Das erste Mal ist immer das schlimmste“, sagte eine Magd freundlich. „Wenn du Glück hast, wird dein Gatte sich weiterhin seiner Geliebten widmen und dich nicht allzu sehr belästigen.“

„Er ... er hat eine Geliebte?“, fragte Gisela erstaunt. Welche Frau stieg freiwillig in das Bett der Bestie?

„Sicher“, antwortete die Magd. „Alle adligen Männer haben eine oder mehrere Geliebte. Du solltest froh drum sein.“

„Das bin ich auch“, antwortete Gisela leise und wunderte sich, warum es so falsch in ihren Ohren klang.

Kapitel 2

Auf der gesamten Reise zurück nach Rabenfeld grübelte Gisela über das seltsame Verhalten ihres Gemahls nach. Sie konnte sich keinen Reim darauf machen. Von der Bestie von Trugstein hatte sie erwartet, dass er wie ein Tier über sie herfallen würde, und was tat er stattdessen? Er schonte sie und inszenierte alles so, dass es aussah, als hätte er genau das getan, was sie von ihm erwartet hatte. Warum? Er war bei Weitem kein Heiliger. Sie hatte mit eigenen Augen gesehen, wie er in der Halle eine Orgie gefeiert hatte, und er war grimmig und Furcht einflößend. Doch warum hatte er sie nicht angerührt? Wozu all diese Mühe mit dem Blut und allem?

„Frau Gisela“, erklang die Stimme ihrer Magd. „Wir sind da.“

Gisela hob den Blick und starrte auf die Festung, die sich vor ihnen erhob. Das Tor wurde gerade geöffnet und die kleine Reisegesellschaft ritt in den Innenhof. Gisela zügelte ihre Stute und ließ sich von einem Knecht vom Pferd helfen. Sie konnte förmlich die Blicke der Menschen auf sich spüren. Sie alle fragten sich sicher, warum sie nach der Vermählung wieder zurückkehrte. Es musste für alle offensichtlich sein, dass ihr Gatte sie nicht wollte. Tapfer hob sie das Kinn, schritt auf den Eingang der Festung zu und betrat das Gebäude, das ihr auf einmal fremd vorkam. Um Haltung bemüht, durchquerte sie die Halle und ging hinauf zu ihrem alten Gemach. Ida, ihre Magd, folgte ihr in geziemtem Abstand. Sie überließ es ihrer Magd, die Tür hinter ihnen zu schließen. Ohne sich umzudrehen, riss sie sich das Schleiertuch vom Kopf, das sie als verheiratete Frau auswies, und warf es zu Boden.

Du benimmst dich irrational, schalt sie sich selbst. *Besser hätte es doch gar nicht kommen können. Dein Gatte will dich nicht und du bist wieder zu Hause.*

„Soll ich dir beim Auskleiden zur Hand gehen, Frau Gisela?“, erbot sich Ida.

„Bitte!“

Sie ließ es geschehen, dass die Magd ihr half, Ober- und Untergewand auszuziehen, und schlüpfte in ein einfaches Leinenkleid für die Nacht.

„Bring mir noch eine Milch und ein Stück Brot“, ordnete sie an und die Magd verschwand eilig aus dem Zimmer, um das Gewünschte zu holen. Seufzend stieg sie in ihr Bett und deckte sich zu. Zu Hause! Endlich wieder zu Hause. Warum fühlte es sich nur so seltsam an? Beinahe, als wäre es gar nicht mehr ihr Zuhause.

***

Eine Woche war vergangen, seit Gisela wieder auf der Festung Rabenfeld war. Nachdem man ihr die ersten Tage mit Vorsicht gegenübergetreten war, hatte das Leben langsam wieder seinen gewohnten Gang genommen. Alberic hatte einen Verwalter für die Festung mit ihr gesandt. Er übernahm die Pflichten, die bisher ihrem Bruder oblagen, und sie kümmerte sich wieder um den Haushalt und die Krankenpflege.

„Frau Gisela“, erklang die aufgeregte Stimme eines der Knechte.

„Was gibt es denn, Wibert?“, fragte Gisela und schaute von ihren Kräutern auf, die sie gerade vom Unkraut befreit hatte.

„Da kommen Reiter. Es sieht so aus, als ob ... als ob“, stammelte der junge Knecht und kam ins Stocken.

„Als ob was, Wibert?“, hakte Gisela ungeduldig nach. „Werden wir angegriffen?“

„N-nein. Der Herr. Wir glauben, es ist der Herr.“

„Fulk?“, rief Gisela aus und sprang auf. „Rede schon! Ist es mein Bruder?“

„Ich glaube, ja. Es sieht ganz danach ...“, antwortete Wibert, doch Gisela verstand nur noch den Anfang von Wiberts Worten, da war sie auch schon an dem Knecht vorbeigerauscht und auf dem Weg zum Tor.

Am Tor herrschte große Aufregung. Gerade waren die Männer dabei, die schweren Türen zu öffnen. Jubelrufe erklangen und Gisela schob sich durch die Menge der Gaffenden. Tatsächlich. Nur noch wenige Meter vor dem Tor kamen ihr Bruder und Ylfa, die Wikingerin, angeritten. Gisela schlug sich die Hand vor den Mund und dämpfte so den Schrei, der über ihre Lippen gekommen war.

Ihr Bruder und Ylfa ritten in den Hof und waren sofort umringt von den Leuten.

„Nicht so stürmisch“, hörte sie ihren Bruder lachend ausrufen.

„Fulk“, rief sie und kämpfte sich durch die Umherstehenden. „Macht Platz!“

Schwer atmend kam sie neben Fulks Pferd zum Stehen und fasste nach seinem Bein. Er lächelte strahlend auf sie herab, dann runzelte er die Stirn.

„Warum trägst du das Schleiertuch einer verheirateten Frau?“, fragte er barsch. „Hast du Brice ohne meine Zustimmung geheiratet?“

Gisela spürte Wut in sich aufsteigen. Wie konnte er so mit ihr reden. Wo doch alles seine Schuld war. Sie ließ ihn los und trat einen Schritt zurück. Dann drehte sie sich um und lief davon. So hatte sie sich das Wiedersehen mit ihrem Bruder nicht vorgestellt. Ihr Herz krampfte sich schmerzlich zusammen und Tränen liefen ihr über die Wangen, als sie auf den Halleneingang zurannte.

***

„Musstest du sie so anfahren?“, fragte Ylfa und schwang sich anmutig vom Pferd, ohne auf Hilfe zu warten.

Fulk blickte seiner Schwester hinterher und fluchte leise. So hatte er sich seine Heimkehr nicht vorgestellt. Er hatte Gisela nicht so barsch behandeln wollen, doch als er gemerkt hatte, dass sie seinen Freund Brice während seiner Abwesenheit einfach geheiratet hatte, ohne seine Anwesenheit, da hatte er sich irgendwie hintergangen gefühlt.

„Sie wird sich schon beruhigen“, knurrte er und stieg ebenfalls vom Pferd.

„Sie ist deine Schwester. Sie schien sich so gefreut zu haben, dich zu sehen, und du hast sie einfach vor den Kopf gestoßen. Du solltest dich bei ihr entschuldigen“, beharrte Ylfa.

***

Aufgebracht stürmte Gisela in die Halle. Tränen der Enttäuschung brannten in ihren Augen. Sie hatte so gehofft, dass Fulk noch leben würde, und nun, als er tatsächlich wohlbehalten nach Hause zurückkehrte, da stieß er sie so vor den Kopf. Während er sich anscheinend keinerlei Gedanken darum gemacht hatte, wie es seiner kleinen Schwester ohne ihn ergehen mochte, hatte man sie in eine freudlose Ehe mit einem Monster gezwungen.

Mit eiligen Schritten durchquerte sie die Halle und stürmte die Treppen hinauf. Noch nie hatte sie sich so elend gefühlt. Nicht einmal bei dieser Farce von einer Hochzeit. Sie war jetzt heimatlos. Ihr monströser Gatte wollte sie nicht und ihr Bruder anscheinend auch nicht. Sie hatte keinen Ort, an den sie noch gehen konnte. Vielleicht sollte sie in ein Kloster eintreten. Dort wäre sie wenigstens zu etwas Nutze. Jetzt, wo Fulk und Ylfa wieder da waren, wurde sie ohnehin nicht mehr gebraucht. Sicher würde Fulk nun seine Ylfa heiraten. Da Gisela ja nun mit dem Hause Trugstein verbunden war, bestand auch keine Notwendigkeit mehr für Fulk, Genovefa zum Weib zu nehmen. Wie es aussah, würde man die kleine Schwester, die von ihrem Gemahl verbannt worden war, nun nicht mehr gebrauchen können.

Schluchzend floh Gisela in ihr Gemach und schlug die Tür hinter sich zu. Sie warf sich auf ihr Bett und weinte bitterlich. Wie hatte ihr Leben sich nur in eine solche Tragödie verwandeln können?

Es klopfte an der Tür, doch sie reagierte nicht.

„Gisela“, erklang die Stimme ihres Bruders. „Ich bins.“

„Geh fort!“, rief sie.

„Gisela, ich möchte mit dir reden. Bitte! Darf ich reinkommen?“

„Es ist deine Festung“, rief sie. „Du kannst hier jeden Raum betreten. Was hab ich schon dazu zu sagen?“

Die Tür öffnete sich und Fulk trat in das Zimmer. Gisela rollte sich auf die Seite und wandte ihm ihren Rücken zu. Er kam näher und setzte sich auf das Bett. Seine Hand legte sich auf ihre Schulter.

„Es tut mir leid“, sagte Fulk heiser. „Ich ... Bitte, verzeih mir, kleine Schwester. Ich wollte nicht, dass unser Wiedersehen so wird.“

„Ich ... ich auch nicht“, schluchzte Gisela.

„Dann dreh dich um und sieh mich an. Sag, dass du mir verzeihst.“

Gisela rollte sich herum und setzte sich auf. Sie wischte sich die Tränen aus den Augen, doch sie schaute ihn nicht an.

„Ich verzeih dir“, murmelte sie.

Fulk schloss sie in seine Arme und sie weinte leise an seiner Brust. Es tat so gut. Ihr Bruder hatte sie immer getröstet, wenn sie als kleines Mädchen hingefallen war oder Kummer gehabt hatte. Sie liebte ihn und war unendlich froh, dass sie ihn nicht verloren hatte. Nachdem ihre Eltern und ihr anderer

Bruder vor Jahren einer Krankheit erlegen waren, bedeutete Fulk für sie alles, was ihr an Familie noch geblieben war.

„Erzählst du mir, was es mit deinem Schleiertuch auf sich hat? Ich kann Brice nirgendwo entdecken. Also, wie kommst du dazu? Hast du ihn geheiratet oder ist es nur ein Schutz? Um andere Männer abzuhalten, sich dir zu nähern?"

„Nein", antwortete sie tonlos. „Ich *bin* verheiratet!"

„Und wo steckt Brice? Wieso lebst du nicht auf seiner Festung? Habt ihr euch gestritten?"

„Ich bin ... nicht mit Brice ..."

„Was?", fragte Fulk entsetzt und rückte von ihr ab, um sie eindringlich anzusehen. „Wer denn? Und warum?"

„Alberic von Trugstein", antwortete Gisela, dem Blick ihres Bruders ausweichend.

Fulk sprang auf und Gisela schaute verstohlen zu ihm auf. Er raufte sich die Haare und machte einen verzweifelten Eindruck.

„Es ist wegen mir, nicht wahr? Weil ich Genovefa nicht geheiratet habe. Ich ..."

„Einer von uns hätte so oder so dran glauben müssen", sagte Gisela verzweifelt. „Ich hatte mich schon damit abgefunden, ehe du von Ylfas Vater entführt worden warst. Der König hätte nie lockergelassen, bis entweder du Genovefa oder ich Alberic geheiratet hätte. Doch nun ist es geschehen. Ich bin jetzt Alberics Frau."

„Warum bist du dann hier, wenn du jetzt Alberics Frau bist? Bist du geflohen? Hat dieses Schwein dir ein Leid getan?"

Gisela schüttelte den Kopf.

„Nein. Er wollte mich nur nicht, das ist alles. Er schickte mich am Tag nach der Hochzeit zurück."

„Wenigstens brauchst du nun nicht dein Leben an der Seite dieser Bestie verbringen", sagte Fulk. „Du bist uns hier sehr willkommen. Dein Heim wird immer hier sein. Ylfa wird es sehr freuen, dich hier zu haben."

„Werdet ihr nun heiraten?", wollte Gisela wissen.

„Wir ... sind schon vermählt. Ylfas Vater bestand darauf, nachdem Ylfa schwanger geworden war."

„Ylfa ist schwanger? Aber sie sah gar nicht schwanger aus."

Fulks Miene verdüsterte sich.

„Sie hat das Kind verloren."

„Das tut mir leid", sagte Gisela und umarmte ihren Bruder.

„Ist schon in Ordnung. Ylfa ist jung und gesund. Ich bin sicher, wir werden noch eine Chance auf ein Kind bekommen." Er lachte leise. „Ich gebe mir alle Mühe, daran zu arbeiten."

Gisela löste sich von ihm und sah ihn lächelnd an.

„Da bin ich mir sicher", erwiderte sie trocken. Dann wurde ihre Miene wieder traurig. „Vielleicht ist es ihr gar nicht recht, wenn ich länger hierbleibe. Sie ist jetzt die Herrin hier und ..."

„Unsinn!", unterbrach ihr Bruder sie. „Ylfa hat schon gesagt, dass sie deine Hilfe brauchen wird."

„Oh, na dann."

„Komm. Lass uns hinuntergehen und ein Glas Met zusammen trinken. Wir haben uns so viel zu erzählen."

Kapitel 3

Drei Jahre später
Burg Trugstein

„Du wolltest mich sprechen, Vater?“

Alberic trat an das Bett seines Vaters. Der alte Mann war seit Tagen bettlägerig und es schien ihm mit jedem weiteren schlechter zu gehen. Alberic hatte schon nach seiner Mutter geschickt, die sich in ein Kloster zurückgezogen hatte, doch er rechnete nicht damit, dass sie kam.

„Ja“, sagte der alte Mann. „Setz dich zu mir, Sohn!“

Alberic ließ sich auf dem Hocker nieder, der neben dem Bett des alten Grafen stand.

„Wie du siehst, geht es bergab mit mir. Ich weiß nicht, wie lange ich noch lebe, doch eines weiß ich: Ich will nicht sterben mit dem Gedanken, dass kein Erbe da ist, der die Tradition weiterführt.“

„Vater, ich ...“, begann Alberic, sich zu rechtfertigen. Er wusste, dass der Graf von ihm einen Erben erwartete. Früher oder später würde er sich darum kümmern müssen, doch der Gedanke, seine Braut zurückzuholen und mit ihr zu schlafen, war nicht besonders erfreulich.

„Schweig!“, unterbrach sein Vater ihn mit erstaunlich fester Stimme. Dann musste der kranke Mann husten, ehe er fortfahren konnte. „Ich will, dass du dein Weib sofort zurückholst. Gott weiß, warum du sie fortgeschickt hast. Wenn sie dich in deiner Hochzeitsnacht nicht zufriedenstellen konnte, entbindet dich das noch lange nicht von deiner Pflicht, einen Erben mit ihr zu zeugen.“

„Sie war noch ein halbes Kind“, sagte Alberic erklärend.

„Sie war sechzehn Jahre alt“, entgegnete der Graf. „Ein normales Alter für eine Braut, möchte ich meinen. Wie auch immer. Nun ist sie neunzehn und im besten Alter, dir einen Erben zu schenken. Wenn du nicht binnen zwei Jahren einen Erben zeugen kannst, dann werden deine Schwester und ihr Gatte alles bekommen. Genovefa müsste in Kürze niederkommen und ich möchte wetten, dass es ein Stammhalter wird.“

Alberic knirschte mit den Zähnen. Wenn sein Vater wüsste, das die Ehe gar nicht vollzogen und seine Braut noch immer jungfräulich war. Er hatte es damals nicht über sich bringen können, mit der Kleinen zu schlafen, und es widerstrebte ihm auch jetzt, seine Gemahlin wiederzusehen. Er konnte mit so einem blassen Ding wie ihr nichts anfangen. Er mochte harten Sex und er bezweifelte, dass die zarte Gisela ihm und seinen dunklen Gelüsten gewachsen war. Er hatte schon eine Frau in den Tod getrieben, und das war etwas, das ihm noch immer den Schlaf raubte. Dabei hatte er sich Mühe gegeben, seine Natur zu unterdrücken und behutsam mit seiner Gattin umzugehen. Dass er sie nach dem einen Mal nie wieder angerührt hatte, hielt sie nicht davon ab, sich in den Tod zu stürzen.

„Nun?", riss sein Vater ihn aus den Gedanken.

„Ich werde sie holen lassen", erwiderte Alberic mit zusammengebissenen Zähnen.

„Gut!", antwortete der alte Graf und damit war Alberic entlassen.

***

„Du musst mir helfen, Tassilo", sagte Alberic eindringlich.

„Was soll ich für dich tun?", fragte sein Freund.

„Vater verlangt einen Erben von mir", erklärte Alberic. „Ich soll meine Gattin zurückholen und einen Stammhalter mit ihr zeugen."

Tassilo zog eine Augenbraue in die Höhe.

„Und wie soll ich dir dabei helfen? Soll ich sie holen?"

„Nein!", antwortete Alberic. „Ich habe schon jemanden nach ihr geschickt. Ich brauche jemanden, der die Aufgabe übernimmt, sie zu ... Ich meine jemand muss sie ..."

„O nein!", erwiderte Tassilo kopfschüttelnd. „Du willst nicht sagen, dass du willst, dass ich mit ihr schlafe, oder? Sie ist deine Gemahlin, verdammt noch mal!"

„Aber ich kann nicht mit ihr ...", wandte Alberic ein. „Du kennst meine Vorlieben. Ich kann mit einer Frau wie ihr nichts anfangen. Ich habe schon eine Frau in den Tod getrieben."

„Und ich sage dir, dass Rosamund sich nicht wegen dir getötet hat. Ich habe da eine ganz andere Vermutung, aber davon willst du ja nichts hören. Ich sage dir, dass sie schwanger war und sie wusste, dass du es nicht gewesen sein konntest, da du sie seit der Hochzeitsnacht nicht mehr angerührt hattest. Wie also hätte sie dir den Balg erklären sollen?“

Alberic schnaubte. Das Thema Rosamund war nichts, über das er reden wollte.

„Selbst wenn du recht hättest mit Rosamund, dann ändert das immer noch nichts daran, dass ich kein Mann bin, um ein junges Mädchen in die Liebe einzuführen. Ich würde sie erschrecken und ich bin verdammt sicher, dass ich ... Ich kann das einfach nicht. Wenn du mein Freund bist, dann hilfst du mir.“

„Als dein Freund will ich nicht der Mann sein, der dir Hörner aufsetzt“, erklärte Tassilo.

„Es ist kein Hörneraufsetzen, wenn ich davon weiß und es billige“, wandte Alberic ein.

„Verlange das nicht von mir“, bat Tassilo eindringlich. „Ich denke nicht, dass das eine gute Idee ist. Was, wenn das Kind aussieht wie ich? Deine Braut und du, ihr seid beide dunkel. Wenn sie nun einem blonden Kind das Leben schenkt? Dann weiß jeder, dass du nicht der Vater sein kannst!“

„Was soll ich tun?“, fragte Alberic verzweifelt.

„Ganz einfach“, erwiderte Tassilo. „Tu deine Pflicht. Sei dabei so behutsam, wie du kannst, und wenn sie in Umständen ist, dann bist du erlöst. Am besten gehst du jedes Mal, ehe du mit ihr schläfst, vorher zu Fara und tobst dich richtig aus, dann hast du vielleicht deine Neigung besser im Griff.“

Alberic seufzte.

„Vielleicht hast du recht. Wenn ich vorher zu Fara gehe ...“

Tassilo schlug ihm freundschaftlich auf die

Schulter.
„Es wird schon.“

***

Gisela sank das Herz, als sie die bedrohlich wirkende Burg von Trugstein immer näher kommen sah. Nachdem sie drei Jahre nichts von ihrem Gatten gehört oder gesehen hatte, war es ihr nicht mehr bewusst, eine verheiratete Frau zu sein. Sie hatte Ylfa geholfen, den Haushalt von Rabenfeld zu leiten, und war Patentante der beiden Söhne ihres Bruders mit Ylfa. Die Zwillinge waren jetzt vierzehn Monate alt und hielten die arme Ylfa ganz schön in Trab. Gisela hatte gerne dabei geholfen, sich um die beiden Jungen zu kümmern, doch dann war plötzlich dieser kleine Reitertrupp aufgetaucht mit einer Botschaft ihres Gemahls. Sie sollte unverzüglich zurück nach Burg Trugstein kommen.

Gisela hatte Fulk unter Tränen gebeten, ihr zu helfen, doch er war machtlos in dieser Situation. Zu allem Überfluss hatte sich ein Gesandter des Königs auf der Festung aufgehalten, der sicher umgehend dem König berichtet hätte, wenn Fulk ihr dabei geholfen hätte, entgegen der Wünsche ihres Gatten zu handeln. Alberic hatte jede rechtliche Handhabe, ihre Rückkehr zu verlangen. Also war sie unter Tränen abgereist. Nun würden sie in wenigen Augenblicken das Tor durchreiten und ihr Schicksal schien besiegelt.

Die ganze Reise über hatte sie sich gefragt, warum Alberic ausgerechnet jetzt ihre Rückkehr verlangte. Wollte er nun vollziehen, was er in der Hochzeitsnacht versäumt hatte? Der Gedanke daran ließ sie vor Furcht erschauern. Ihr Herz klopfte wild, als die Tore geöffnet wurden und sie langsam in den Burghof einritten.

Von ihrem Gatten war weit und breit nichts zu sehen. Sie ließ sich von ihrem Pferd helfen und stand verloren mitten im Hof. Die Knechte kümmerten sich um die Tiere oder das Gepäck, doch niemand kümmerte sich um sie. Als sie nach einigen Minuten gewahr wurde, dass sich daran auch nichts ändern würde, raffte sie ihr Gewand und stapfte über den Hof bis zum Eingang. Als auch hier niemand Anstalten machte, ihr zu öffnen, behalf sie sich kurzer Hand selbst und betrat das düstere Gebäude. In der Halle saßen nur ein paar Krieger an einem langen Tisch und eine Magd verschwand gerade die Treppe hinauf.

Gisela seufzte und schritt auf die Männer an dem Tisch zu. Einer wandte den Kopf in ihre Richtung und stieß seinen Sitznachbarn an. Bald starrten alle Männer sie an, als hätten sie noch nie zuvor eine Frau gesehen. Einer der Männer erhob sich, und kam ein paar Schritte auf sie zu.

„Frau Gisela, komm, ich soll dich zu dem Grafen bringen“, sagte er und wandte sich ab, ohne sich davon zu überzeugen, ob sie ihm auch folgte.

„Nun gut“, murmelte Gisela und lief hinter dem Mann her. Sie fragte sich, ob der alte Graf und nicht ihr Gatte ihre Anwesenheit hier gefordert hatte. Wenn ja, was wollte er von ihr? Konnte es sein, dass ihrem Gatten etwas zugestoßen war? Vielleicht war sie jetzt eine Witwe und frei. Warum nur erfüllte sie dieser Gedanke nicht mit Erleichterung?

Der Krieger führte sie in das oberste Stockwerk

und blieb vor einer Tür stehen, um anzuklopfen. Jemand öffnete und die Tür schwang auf. Auf das Nicken des Mannes hin, der sie hierher eskortiert hatte, betrat sie das Gemach. Der alte Graf lag in seinem Bett und Alberic, seine Schwester und ein weiterer Mann standen daneben und starrten sie an. Mit klopfendem Herzen trat sie näher. Sie bemühte sich, ihren Gatten nicht anzusehen, doch sie spürte seinen Blick. Zumindest ihre Theorie, dass ihr Gatte tot sein könnte, hatte sich hiermit erledigt. Es sah eher danach aus, dass der alte Graf nicht mehr lange zu leben hatte.

„Lasst uns allein", sagte der alte Mann. „Ich möchte ein paar Worte mit meiner Schwiegertochter reden. Husch! Raus mit euch! Und wagt es ja nicht, zu lauschen!"

Genovefa schritt stolzen Hauptes an Gisela vorbei, der Mann, den Gisela nicht kannte und der wohl Genovefas Gatte war, folgte ihr. Nur Alberic stand noch immer wie festgewachsen neben dem Bett seines Vaters. Gisela hob vorsichtig den Kopf und begegnete dem Blick ihres Gatten. Ein Schauer lief ihr über den Rücken und sie verspürte ein Kribbeln im Bauch, das sie nervös machte. Warum starrte er sie so an, als hätte er sie nie zuvor gesehen? Was hatte dieser brennende Blick, mit dem er sie bedachte, zu bedeuten?

Der Blick des Grafen glitt von seinem Sohn zu ihr und wieder zurück. Ein Lächeln huschte kurz über die verwitterten Züge des alten Mannes, ehe seine Miene wieder ernst wurde.

„Alberic", sagte er scharf und ihr Gatte zuckte erschrocken zusammen, als wäre er gerade aus einer Trance erwacht und wüsste nicht, wie ihm geschah.

Doch dann schien er sich zu fassen. Ohne ein Wort rauschte er aus dem Raum, als wäre der Teufel persönlich hinter ihm her.

„Komm her, Kind“, sagte der Graf und winkte ihr, näher zu treten.

***

Alberic schloss die Tür hinter sich und atmete tief durch. Was zum Teufel war das gerade gewesen? Von dem Moment an, als seine Gattin durch die Tür getreten war, hatte er seinen Blick nicht mehr von ihrer zarten Gestalt lösen können. Das Verlangen, sie zu besitzen, hatte so plötzlich von ihm Besitz ergriffen, dass er dagegen vollkommen machtlos gewesen war. In seinen Gedanken hatte er sie sofort nackt und gefesselt vor sich gesehen und war hart geworden. Er schüttelte den Kopf. Nie im Leben würde er seine perversen Fantasien mit ihr ausleben können. Frauen wie Fara machte es nichts aus, wenn es ein wenig rauer zuging im Bett. Sie schienen es sogar zu genießen. Doch Gisela war eine junge Frau aus guter Familie. Sie war so klein und zierlich. Ja, zerbrechlich.

Mit klopfendem Herzen und einer schmerzhaften Erektion lief er durch den Gang und die Treppen hinab. Unten in der Halle traf er auf seinen Freund Tassilo, der ihn fragend ansah. Alberic setzte sich neben ihn und eine Magd stellte einen Krug Ale vor ihn hin. Er griff danach und trank einen tiefen Zug, ehe er sich in seinem Stuhl zurücklehnte und die Hände vor den Kopf schlug. Tassilo bedeutete den noch verbliebenen Kriegern, sie allein zu lassen. Als alle Männer gegangen waren, legte er Alberic eine

Hand auf die Schulter.

„Was ist los mit dir? Du siehst aus, als hättest du einen Geist gesehen."

Alberic nahm die Hände von seinem Gesicht und schüttelte den Kopf. Wenn es nur ein Geist gewesen wäre.

„Ich kann es nicht", sagte er tonlos.

„Was ist dein Problem?", wollte Tassilo wissen. „Ich hab sie gesehen. Sie ist wunderschön. Nett gerundet an allen wichtigen Stellen. Wenn sie mir gehören würde, dann wüsste ich schon was mit ihr anzufangen."

Alberic verspürte ein rasendes Gefühl, als sein Freund so von seinem Weib schwärmte, und er warf Tassilo einen scharfen Blick zu. Er war sonst nie eifersüchtig und konnte sich diese Gefühle nur damit erklären, dass er seinen Stolz verletzt sah. Immerhin gehörte die Frau ihm. Egal, wie er selbst zu ihr stand, würde er sein Weib niemals teilen. Doch die Rage, die er empfand, war ihm selbst ein Rätsel.

„Fass sie an und du bist ein toter Mann", knurrte er finster.

Lachend hob Tassilo abwehrend die Hände.

„Hey, langsam, Mann", sagte er. „Ich fass sie schon nicht an." Er kicherte. „Schätze, dein Angebot, dass ich sie für dich schwängere, steht wohl nicht mehr, he?"

Alberic ließ die Hand vorschnellen und umschloss die Kehle des Freundes. Seine Augen funkelten warnend.

„Ich meine es ernst. Ich töte dich, wenn du sie auch nur falsch ansiehst. Sie ist mein Weib!"

„Okay", krächzte Tassilo. „Ich hab schon

verstanden."

Alberic ließ ihn los und Tassilo rieb sich die schmerzende Kehle.

„Was ist denn nun dein Problem?", fragte Tassilo nach einer Weile. „Wenn du sie doch so offensichtlich willst, dann steht dir doch nichts im Wege. Sie gehört dir. Schlaf mit ihr!"

„Ich kann nicht", erwiderte Alberic. „Ich würde ihr wehtun."

„Unsinn!", wehrte Tassilo ab. „Mach es, wie ich gesagt habe. Geh erst zu Fara und dann zu deinem Weib."

„Du verstehst nicht. Ich hab sie gerade nur kurz gesehen und schon hab ich diese Fantasien, sie zu fesseln und hart zu ..." Er schlug erneut die Hände vor das Gesicht und stöhnte verzweifelt auf. „Verdammt! Das ist doch nicht normal!"

Tassilo schwieg betroffen. Er leerte seinen Krug und erhob sich, als Genovefa und ihr Gatte die Halle betraten.

„Machen wir einen Ausritt", raunte er Alberic zu. „Komm."

Alberic schaute auf und erblickte seine Schwester. Mit grimmiger Miene sprang er auf und klopfte Tassilo auf den Rücken.

„Gute Idee. Das Letzte, was ich jetzt brauche, ist einen Rat von meiner *geliebten* Schwester."

***

Gisela setzte sich auf den Stuhl neben dem Bett und schaute auf ihre Hände, die sie in ihrem Schoß verschränkt hatte. Was mochte der alte Graf von ihr wollen?

„Ich freue mich, dass ich dich noch einmal sehen darf, ehe ich sterbe“, begann er und Gisela schaute ihn erstaunt an.

Sie wusste nicht, was sie darauf antworten sollte. Erwartete er überhaupt eine Antwort? Was sagte man zu einem Mann, der im Sterben lag?

„Es ist viel Zeit vergangen, seit wir uns das letzte Mal gesehen haben. Du bist erwachsener geworden, und wenn ich das sagen darf, noch schöner.“

„Ich ... Danke“, murmelte sie errötend.

Er lachte.

„Und du errötest noch immer wie ein junges Mädchen.“

Eine Weile herrschte Schweigen und sie fragte sich, warum er sie hatte sprechen wollen. Sie rutschte unbehaglich auf dem Stuhl herum und wünschte sich, sie könnte wieder zurück nach Rabenfeld zu ihrem Bruder und Ylfa. Die letzten drei Jahre war es ihr sehr gut ergangen. Wenngleich das für alle offen sichtbare Glück ihres Bruders und Ylfa sie ein wenig traurig gestimmt hatte. Wie schön musste es sein, jemanden zu haben, den man wirklich liebte und der einen zurückliebte. Sicher, die beiden hatten auch ihre Streitigkeiten und Missverständnisse, doch die waren meist schnell wieder bereinigt und Gisela wusste, dass ihr Bruder alles für seine Frau und seine Kinder tun würde. Immer wieder fragte sie sich, ob es mit Brice auch so geworden wäre. Doch all das Grübeln nutzte nichts. Sie war die Frau von Alberic. Die Bestie von Trugstein hatte sie drei Jahre in Ruhe gelassen, doch nun? Was hatte er nun mit ihr vor? Sein Blick vorhin hatte ihr Angst gemacht, aber auch eine seltsame Unruhe in ihr ausgelöst.

„Du bist nicht gern hier, nicht wahr, mein Kind?“, unterbrach der alte Graf ihre Gedanken.

„Doch, ich ...“, begann sie hilflos.

„Nein“, unterbrach er sie. „Lass uns ehrlich miteinander sein. Versprich mir, dass du mir gegenüber immer ehrlich bist. Ich verspreche dir im Gegenzug, dass du keine Konsequenzen dafür zu fürchten hast. In Ordnung?“

Er sah sie aus scharfen Augen an und sie nickte.

„Gut. Beginnen wir mit der Hochzeit vor drei Jahren. Hat mein Sohn dir wehgetan? Bist du deswegen abgereist?“

„Nein!“ Sie schüttelte den Kopf. „Er hat mir nicht ... Er verhielt sich sehr ... anständig. Ich ... ich bin nicht abgereist, vielmehr hat dein Sohn ... Er sandte mich zurück.“

Der alte Mann nickte.

„Hat er dir gesagt, warum?“

Sie schüttelte den Kopf.

„Hast du eine Ahnung, warum du wieder hier bist?“, fragte der alte Graf.

„Dein Sohn ließ nach mir schicken, doch ich weiß nicht, warum.“

„*Ich* habe deine Rückkehr angeordnet“, erklärte der Graf. „Ich möchte, dass ihr beiden jungen Leute eure Verbindung ehrt, wie ihr vor Gott gelobt habt. Es ist nicht richtig, dass Mann und Weib getrennt leben. Mein Sohn braucht einen Erben.“

Gisela erbleichte und der Graf musterte sie stirnrunzelnd.

„Du fürchtest dich. Er hat dir doch wehgetan.“

„Nein, wirklich nicht. Es ist nur ...“

„Du findest es nicht erfreulich, bei deinem Gatten zu liegen“, stellte er fest. „Nun, das ergeht leider vielen Frauen so. Jedoch ist es deine gottgegebene Pflicht, deinem Mann zur Verfügung zu stehen, um einen Erben zu zeugen. Ich bin sicher, mein Sohn wird so viel Rücksicht auf dich nehmen, dass er dich nicht mehr belästigen wird, wenn es vollbracht ist."

Gisela schluckte.

„Ich ... ich werde mich nicht vor meinen Pflichten drücken", erwiderte sie schwach.

Der Graf nickte.

„Schön. Aber wenn mein Sohn sich dir gegenüber irgendwie grob verhalten sollte, dann scheu dich nicht, mich aufzusuchen. Ich werde dann mit ihm reden. Ich finde, ein Mann sollte seinem Weib immer mit Respekt begegnen, auch wenn gewisse Pflichten zu erfüllen sind."

„Ähm, ... danke", murmelte Gisela unbehaglich.

„Dann geh, meine Liebe, und erhol dich erst einmal ein wenig von der langen Reise."

Gisela erhob sich, froh, die Unterredung endlich hinter sich gebracht zu haben.

„Danke", sagte sie. „Das werde ich."

Der Graf ergriff ihre Hand und schenkte ihr ein Lächeln.

„Du bist eine gute Frau. Ich würde mich freuen, wenn diese Ehe funktionieren würde. Gib meinem Sohn ein wenig Zeit und zeige dich verständnisvoll und zugänglich. Ich bin sicher, er wird schon noch erkennen, was für ein Juwel er da an seiner Seite hat."

Gisela nickte nur, denn sie wusste nicht, was sie darauf antworten sollte. Als er ihr Hand losließ, machte sie hastig einen Knicks und eilte aus dem Raum.

***

Es war beinahe eine Woche vergangen, seitdem sie auf Burg Trugstein angekommen war, und Gisela wurde immer nervöser. Nach ihrem Gespräch mit dem alten Grafen hatte sie erfahren, dass ihr Gatte kurzfristig verreist war. Sie wurde das Gefühl nicht los, dass ihr Gemahl es mit der Erfüllung seiner Ehepflichten auch nicht sonderlich eilig hatte. Obwohl sie froh darüber sein sollte, verletzte sie sein offensichtliches Desinteresse an ihr. Sie war zwar nicht übermäßig eitel, hielt sich aber dennoch für recht hübsch. Ihre langen schwarzen Haare glänzten wie poliertes Ebenholz, ihr Teint war makellos und ihre zierliche Gestalt war an den richtigen Stellen gerundet. Zwar sah sie den ehelichen Pflichten mit einem unguten Gefühl entgegen, doch sie fand es noch viel schlimmer, darauf warten zu müssen. Sie wollte es endlich hinter sich bringen. Je schneller sie ein Kind unter dem Herzen trug, desto schneller hatte sie ihre Freiheit wieder. Da Alberic sie anscheinend nicht besonders begehrenswert fand, würde er sie sicher wieder in Ruhe lassen, sobald sie guter Hoffnung war.

„Frau Gisela“, erklang die Stimme ihrer Magd.

„Ja, Ida? Ich bin hier bei dem Brunnen“, antwortete Gisela.

Ida trat um die hohen Heckenrosen herum und schüttelte missbilligend den Kopf, als sie ihre Herrin beim Unkrautjäten erspähte.

„Wirklich, Frau Gisela“, sagte sie tadelnd. „Das ist aber keine Aufgabe für eine Frau deines Standes.“

Gisela richtete sich auf, strich sich eine Strähne ihres Haares aus dem Gesicht und hinterließ dabei einen dunklen Schmutzstreifen auf der Stirn.

„Wenn ich den ganzen Tag nur hier rumsitzen muss und auf meinen Gatten warten soll, der anscheinend nichts mit mir zu tun haben will, dann werde ich noch verrückt.“

„Wegen deinem Gatten bin ich hier“, sagte Ida. „Er ist soeben zurückgekommen. Es wäre besser, du ziehst dich um, ehe du ihm gegenübertrittst. Er ist in keiner sehr guten Stimmung.“

„Ich komme gleich“, sagte Gisela und bemühte sich, ihre Stimme fest klingen zu lassen. Die Nachricht, dass ihr Gemahl zurückgekehrt war, hatte sie ziemlich durcheinandergebracht. Gerade hatte sie sich noch gewünscht, es endlich hinter sich zu haben, und jetzt wollte sie am liebsten einfach davonlaufen.

„Ich lasse dir ein Bad richten und lege dir ein frisches Gewand raus“, sagte Ida und wandte sich ab.

Gisela starrte ihrer Magd hinterher, dann nahm sie den Korb mit dem Unkraut, um ihn auf dem Kompost zu entleeren. Ihr sehnsüchtiger Blick glitt zu dem großen Wald in der Ferne. Wenn sie nur den Mut hätte, einfach davonzulaufen. Doch sie wäre gar nicht in der Lage, allein und ohne Mittel zu überleben. Es war kindisch, übers Davonlaufen nachzudenken. Es war an der Zeit, dass sie sich ihrem Schicksal stellte. Sie hatte mit ihrem Bruder auch eine schwere Zeit durchgemacht, nachdem die Eltern und ihr Bruder gestorben waren. Damals hatte Fulk sich abgeschottet und das Trinken angefangen. Schließlich war sie es gewesen, die ihrem Bruder gesagt hatte, dass er seinen Problemen nicht ewig davonlaufen konnte. Damals war sie stark gewesen. Sie würde es auch jetzt sein. Sie war jetzt älter, eine verheiratete Frau.

„Komm, Mädchen", murmelte sie zu sich selbst. „Fang an, dein Leben wieder in die Hand zu nehmen!"

Entschlossen eilte sie durch den Garten. Sie würde es mit dem Teufel selbst aufnehmen, wenn es sein musste. Wenn sie nur aufrecht blieb und stark, dann würde er sie nicht brechen können. Vielleicht würde er sie wieder zurück nach Rabenfeld schicken, wenn er erst mal genug von ihr hatte.

Als sie um eine hohe Hecke bog, stieß sie hart mit einer hohen Mauer zusammen, die sich plötzlich vor ihr auftat. Zwei große Hände legten sich um ihre Taille, um sie zu stabilisieren, als sie strauchelte.

„Hoppla", sagte eine tiefe Stimme.

Giselas Herz fing an zu rasen. Die Mauer war niemand anderer – als ihr finsterer Gatte. Sie konnte seinen kräftigen Herzschlag unter ihrer Hand spüren. Seine plötzliche Nähe überwältigte sie. Sie wollte ihre Hände wegziehen, doch sie standen so dicht voreinander, dass Gisela nichts anderes mit ihren Händen tun konnte, als sie auf seiner Brust liegen zu lassen. Obwohl der Stoff seiner Tunika sie von seiner Haut trennte, konnte sie die Hitze spüren, die von ihm ausging. Und seine Muskeln, diese stahlharten Muskeln. Sie sollte sich nicht so kribbelig dabei fühlen.

Langsam hob sie den Blick und starrte in seine dunklen Augen. Irgendetwas war in seinem Blick, das sie nicht benennen konnte, doch es machte sie nervös und bescherte ihr ein seltsames Ziehen in den unteren Regionen. Ihr Atem kam auf einmal schwer und ihr wurde so warm. Das musste an seiner Hitze liegen. Der Mann schien geradezu zu glühen. War er vielleicht krank?

„Hat ... hat mein Gemahl Fieber?“, fragte sie, sich auf ihre Pflichten als treusorgende Ehefrau besinnend.

„Nein, meine kleine Gattin. Aber ich brenne tatsächlich“, raunte er und zog sie noch dichter an seinen großen harten Leib heran.

„Ich ... ich wollte gerade ... Ich muss mich ... umkleiden“, stammelte sie unbehaglich. Seine Nähe verwirrte sie und sie wollte so schnell wie möglich von hier fort. Fort von ihm. Von seiner Glut, die sie zu verbrennen drohte.

Er hob eine Hand und rieb über den Schmutzstreifen an ihrer Stirn.

„Ich sehe“, sagte er und legte die Hand an ihre Wange. Sein Daumen ruhte an ihrer Unterlippe und sie erschauerte ob der intimen Berührung. Wie von selbst öffneten sich ihre Lippen ein kleines bisschen, als er mit dem Daumen über das weiche Fleisch strich.

Mit einer Mischung aus Angst und Faszination sah sie, wie sein Gesicht immer näher kam, bis nur noch wenige Zentimeter sie voneinander trennten. Er würde sie küssen. Hier, mitten im Garten, wo man sie jederzeit sehen konnte. Ihr Herz machte einen aufgeregten Hüpfer. Sein heißer Atem strich über ihren Mund und ein kleiner hilfloser Laut kam über ihre Lippen. Jeden Moment würde sie seinen Mund an ihrem Mund spüren und die Aussicht darauf versetzte ihren Körper in einen seltsamen Zustand der Erregung. Doch seine Lippen berührten sie nicht. Er riss sich so plötzlich von ihr los, dass sie beinahe erneut gestrauchelt wäre. Sie konnte sich gerade noch abfangen, mit einer Hand Halt an der Hecke suchend. Ihr Gatte hatte sich abrupt umgewandt und stürmte davon, als wäre der Teufel hinter ihm her.

„O mein Gott“, flüsterte Gisela und fasste sich unwillkürlich an die Lippen. Ihr Herz schlug so wild, dass sie ihr eigenes Blut in den Ohren rauschen hören konnte. Verwirrt schüttelte sie den Kopf, als sie der Bestie von Trugstein hinterherstarrte.

***

Alberic floh schwer atmend aus dem Garten. Er musste sich erst einmal irgendwo wieder fassen, ehe er sich unter Leuten zeigen konnte. Er wusste, dass sein Zustand für jeden nur allzu sichtbar sein musste. Verdammt! Noch nie hatte eine Frau solche Reaktionen in ihm ausgelöst. Er hatte sich kaum unter Kontrolle, wie sollte er da seinen Ehepflichten nachkommen, ohne sie zu verletzen? Wenn er sie eben wirklich geküsst hätte, dann hätte er sie dort im Garten genommen. Ohne sich darum zu scheren, wer sie sehen konnte und was seine kleine verführerische Gattin dazu zu sagen hatte. Es stimmte, was er zu ihr gesagt hatte. Er brannte. Lichterloh. Aber er würde kein sanfter Liebhaber für sie sein, nicht der Mann, den eine so zarte Frau wie sie brauchte. Eine Jungfrau noch dazu dank seines Problems. Seine Fantasien drehten sich immer nur um dasselbe. Er wollte sie unterwerfen, fesseln und sie auf alle erdenklichen Arten besitzen. Doch das würde er niemals mit ihr ausleben können. Sie würde ihn fürchten, ihn verachten und sie würde sich vielleicht das Leben nehmen. Wie Rosamund. Der Gedanke war unerträglich. Er hatte keine zärtlichen Gefühle für seine erste Gattin gehabt, doch ihr Tod lastete schwer auf seinem Gewissen. Bei den Leuten hatte der Tod seiner Gattin dafür gesorgt, dass noch mehr schaurige Geschichten über ihn erzählt wurden. Nicht dass es ihn störte, wenn sie ihn fürchteten, doch aus irgendwelchen unerfindlichen Gründen wollte er nicht, dass Gisela eine Bestie in ihm sah. Er konnte nicht mit ihr schlafen. Er wollte sie nicht zerstört wissen.

Hinter dem Stallgebäude lehnte er sich mit dem Rücken gegen die Wand und schloss die Augen. Egal, wie er sich bemühte, er bekam diese dunkle Begierde, die in seinen Eingeweiden wütete, einfach nicht unter Kontrolle. Dieser kleine Laut, der ihren weichen Lippen entschlüpft war, als ihre Münder sich genähert hatten, war beinahe sein Untergang gewesen. Er versetzte ihn in aufgeregte Spannung darüber, welche Laute sie von sich geben würde, wenn er in sie hineinstieß, wenn er sich bis zum Anschlag in ihrer feuchten Hitze vergrub.

Er stöhnte verzweifelt auf. Er sollte den Rat seines Freundes beherzigen und Fara aufsuchen, um Druck abzubauen, aber irgendwie sträubte sich alles in ihm, diesen Schritt zu tun. Fara war nicht Gisela. Keine Frau war mit seiner kleinen Gattin zu vergleichen. Nie hätte er vermutet, dass aus dem farblosen Mädchen, das er vor drei Jahren geheiratet hatte, eine solche ätherische Schönheit werden würde.

„Hier steckst du“, ertönte plötzlich Tassilos Stimme neben ihm. „Was versteckst du dich hier? Willst du nicht deine Gattin begrüßen?“

„Lass mich allein“, zischte Alberic zwischen zusammengebissenen Zähnen.

Tassilo sah ihn verwundert an, dann lachte er.

„Oh, du hast sie schon gesehen, nicht wahr?“

„Verschwinde!“

„Wann hörst du endlich auf, dich selbst zu martern?“, fragte Tassilo kopfschüttelnd. „Wer weiß, wenn du sie erst Mal gehabt hast, dann wird sie vielleicht uninteressant und du bekommst dich wieder unter Kontrolle.“

„Wenn dir dein erbärmliches Leben lieb ist“, knurrte Alberic finster, „dann verschwindest du jetzt von hier und lässt mich allein!“

„In Ordnung“, sagte Tassilo beschwichtigend. „Bin schon weg. Aber mach dich darauf gefasst, dass dein alter Herr ein Wort mit dir reden will.“

Alberic starrte seinem Freund hinterher. Hatte er recht? Würde diese Besessenheit aufhören, wenn er seine Gemahlin endlich bestiegen hatte? Oder würde er erst recht nicht die Finger von ihr lassen können? Er befürchtete eher Letzteres. Aber es war ohnehin sinnlos darüber nachzudenken. Er konnte sich ihr nicht nähern, solange er seine Gelüste nicht unter Kontrolle hatte. Andererseits wurden seine Fantasien umso schlimmer, je länger er unbefriedigt blieb. Ein Teufelskreis, aus dem er keinen Ausweg wusste.

Kapitel 4

„Was denkst du, was du tust?“, fragte der alte Graf schneidend. „Was zum Teufel ist los mit dir? Ich könnte ja verstehen, wenn sie hässlich wäre, doch sie ist eine wahre Augenweide, anmutig und von tadellosem Charakter. Und versuche nicht, mich an der Nase herumzuführen. Ich weiß, was in diesem Haushalt vor sich geht, und deswegen weiß ich sehr wohl, dass du deiner Gattin noch immer nicht die notwendige Aufmerksamkeit hast zukommen lassen.“

„Ich wollte ihr nur noch ein wenig mehr Zeit geben. Immerhin sind wir wie Fremde“, wich Alberic aus. „Ich wollte ihr die Gelegenheit geben, mich erst kennenzulernen.“

„Ha!“, machte der alte Graf und funkelte den Sohn aus seinen intelligenten Augen an. „Und wie soll sie dich kennenlernen, wenn du erst eine ganze Woche verreist und die nächsten zwei Wochen nur damit verbringst, überall zu sein, nur nie dort, wo sie sich aufhält? Denkst du, es fällt niemandem auf, dass du vor deinem eigenen Weib davonläufst?“

Alberic schwieg. Was sollte er dazu sagen? Es stimmte ja. Er rannte vor seiner Gattin davon, mied sie, wie der Teufel das Weihwasser.

Ha! Guter Vergleich, dachte er grimmig.

„Ich gebe dir noch genau drei Tage, dich deiner Gattin endlich zu nähern. Solltest du dieses Spielchen noch weiter treiben, dann werde ich dir dein Erbe entziehen. Habe ich mich klar ausgedrückt?“

Alberic knirschte mit den Zähnen.

„Klar genug“, knurrte er.

„Du brauchst hier gar nicht zu grollen“, fuhr sein Vater ihn an. „Ich war lange genug geduldig mit dir. Wenn ich nicht genau wüsste, dass du es schon mit beinahe allen Mägden hier getrieben hast, würde ich noch auf die Idee kommen, deine Interessen lägen mehr beim männlichen Geschlecht.“

„Wie kannst du so etwas sagen“, regte Alberic sich auf.

„Ich müsste nicht so etwas sagen, wenn mein Sohn sich nicht so sträuben würde, sein eigenes Weib zu besteigen!“, erwiderte sein Vater scharf.

***

Gisela wanderte rastlos in ihrem Zimmer auf und ab. Ihre Nerven waren zum Zerreißen gespannt. Seit dem Vorfall im Garten war ihr Gatte ihr aus dem Weg gegangen und sie war nicht taub. Sie hörte den hinter vorgehaltener Hand getuschelten Tratsch. Die Menschen hier auf der Burg waren nicht blind. Sie konnten genauso gut wie sie sehen, dass Alberic immer dann den Raum verließ, wenn sie einen betrat, oder sogar plötzlich die Richtung änderte, wenn ihre Wege sich kreuzten. Sie wusste, dass er täglich stundenlang auf dem Exerzierplatz übte und dabei seine Männer so arg traktierte, dass sie sich mittlerweile fürchteten, ihm als Sparringpartner zu dienen. Sie selbst hatte einige der Wunden versorgt, die ihr Gemahl verursacht hatte.

Sie wusste, dass sie den Vollzug ihrer Ehe nicht ewig aufschieben konnten, denn der alte Graf würde sich dieses Spiel nicht viel länger ansehen, so viel stand fest. Obwohl der Graf todkrank war, hielt er eisern am Leben fest. Er schien darauf zu warten, dass sie endlich guter Hoffnung war. Gisela stand dem noch immer mit gemischten Gefühlen gegenüber. Sie konnte nicht leugnen, dass etwas zwischen ihnen passiert war, als er sie im Garten beinahe geküsst hatte. Immer wieder hatte sie im Geiste den Beinahe-Kuss Revue passieren lassen. Sie konnte nicht verstehen, warum er plötzlich davongestürmt war. Sie hatte das Gefühl gehabt, dass er sie wirklich küssen wollte. Niemand war da gewesen, der ihn dazu getrieben hatte, sie so dicht an seinen Körper zu pressen und sich ihr so intim zu nähern. Die Erinnerung daran, wie er sich angefühlt hatte unter ihren Händen, hart und heiß, stellte die verrücktesten Dinge mit ihrem Körper an. Ihr wurde ganz warm und es kribbelte zwischen ihren Schenkeln. Ihre Brustwarzen waren ganz hart und empfindlich.

Sie kam zu einem Halt und fuhr sich über das Haar. Ihr Herzschlag war schneller geworden und ohne es sich bewusst zu sein, legte sie ihre Finger auf ihre Lippen. Das brachte Erinnerungen zurück, wie sein Daumen über ihre Unterlippe strich, kurz bevor er sich zu ihr hinabgebeugt hatte.

„Verdammt!“, fluchte sie und war selbst erstaunt über den wenig damenhaften Ausdruck, der ihr sonst nie über die Lippen geschlüpft wäre. Sie merkte, dass der Gebrauch des Wortes eine gewisse Befriedigung verschaffte, und so stemmte sie die Hände in die Hüften und rief: „Ver-dammt!“

„Frau Gisela“, erklang die vorwurfsvolle Stimme von Ida. Die Magd hatte das Zimmer betreten, ohne dass Gisela es bemerkt hatte.

„Ich bin es leid!“, sagte sie und ballte die Hände zu Fäusten. „Ich fühle mich, als ob ich auf meine Hinrichtung warten muss und jemand den Termin immer wieder verschiebt. Ich möchte es endlich hinter mir haben, damit ich wieder ohne Angst leben kann.“

Ida, die mit den Sorgen ihrer Herrin bestens vertraut war, nickte verständnisvoll.

„Was gedenkst du zu tun?“, fragte sie.

„Ich weiß es nicht“, sagte Gisela mit einem Seufzer. „Mein Herr Gemahl ist ständig auf der Flucht oder versucht, seine eigenen Männer zu töten. Wenn er mich nicht will, dann soll er mich endlich nach Hause schicken. Ich hätte nichts dagegen. Ylfa kann meine Hilfe sicher gut gebrauchen.“

„Deswegen komme ich zu dir“, sagte Ida mit einem Lächeln. „Ich habe eine Überraschung für dich in der Halle.“

Gisela runzelte die Stirn.

„Weswegen und was für eine Überraschung?“

Ida zuckte mit den Schultern.

„Komm einfach mit und sieh selbst.“

Gisela entfuhr ein Schrei, als sie in die Halle hinabblickte. Die beiden Personen, die unten in der Halle saßen, schauten zu ihr auf und strahlten sie an.

„Gisela“, rief Ylfa und war schon auf den Beinen.

Gisela stand wie angewurzelt am Kopf der Treppe, dann löste sie sich aus ihrer Starre und lief eilig die Stufen hinab. Lachend warf sie sich in die Arme der großen blonden Wikingerin.

„Ist das eine Überraschung“, rief sie aus und blickte von Ylfa zu ihrem Bruder, der mit ausgebreiteten Armen dastand. Sie löste sich von Ylfa und warf sich ihrem Bruder in die Arme.

„Hey, nicht so stürmisch, kleine Schwester“, sagte Fulk lachend und umfasste ihre Hüften, um sie im Kreis herumzuwirbeln, bis Gisela kreischte, er solle sie wieder runterlassen.

„Was macht ihr hier?“, wollte Gisela aufgeregt wissen.

„Ich dachte, das wäre offensichtlich“, sagte Fulk. „Wir besuchen dich.“

Sie setzten sich zusammen an den Tisch und eine Magd brachte ihnen Met und frisch gebackenes Brot mit deftigem Schinken. Fulk sah seine Schwester prüfend an.

„Wie geht es dir hier?“, fragte er leise.

„Gut. Mir geht es gut“, sagte Gisela beschwichtigend. Sie spürte die Sorge, die von ihrem Bruder und Ylfa ausging.

„Ich sehe, dass es dir körperlich gut geht, und das beruhigt mich etwas. Doch wie steht es mit deinem Herzen? Du siehst bekümmert aus.“

Gisela seufzte.

„Ich habe dich noch nie täuschen können“, sagte sie leise.

„Also, was ist los?“, mischte sich Ylfa ein. „Wenn es ein Frauenthema ist, können wir uns allein unterhalten.“

„Aber ...“, wollte Fulk einwenden.

„Fulk!“, schnitt seine Gattin ihm das Wort ab. „Es gibt Dinge, die eine Frau nur einer anderen Frau erzählt.“

Gisela rutschte unbehaglich auf ihrem Stuhl herum.

„Also?“, fragte Fulk. „Entweder du erzählst es jetzt oder du gehst mit Ylfa und redest mit ihr allein. Doch ich gebe nicht eher Ruhe, bis du nicht über dein Problem gesprochen hast. Wir sind hier, um dir zu helfen, wenn wir können.“

„Nun gut“, gab Gisela sich geschlagen. „Lass uns in den Garten gehen.“

Ylfa nickte und erhob sich. Zusammen verließen sie die Halle und ließen Fulk über seinem Met grübelnd zurück.

***

Alberic überließ sein verschwitztes Pferd dem Stallknecht und lief die Stufen zum Eingang hinauf. Er hatte von der Ankunft seines Schwagers gehört und fragte sich, was seine Gattin ihrem Bruder alles erzählen würde. Er konnte nicht behaupten, dass er sich über den unerwarteten Besuch freute, doch er musste seine Pflichten als Gastgeber wahrnehmen und sie begrüßen.

In der Halle traf er nur seinen Schwager an. Er saß über einem Krug Met und sah finster aus. Als die Tür hinter Alberic ins Schloss fiel, schaute Fulk auf. Die Blicke der beiden Männer trafen sich zu einem Duell.

„Willkommen auf Trugstein“, grüßte Alberic kühl.

Fulk nickte nur und nahm einen Schuck von

seinem Met.

Alberic orderte zwei Krüge Ale bei einer Magd und setzte sich seinem Schwager gegenüber.

„Du bist allein gekommen?“, fragte Alberic. „Ich dachte, du würdest deine Gattin mitbringen.“

„Meine Gattin ist mit Gisela im Garten. Sie wollten ein wenig die Sonne genießen und Frauenklatsch betreiben.“

Alberic nickte und nahm den Krug mit Ale entgegen, den eine Magd vor ihn hinstellte. Er prostete Fulk zu und beide nahmen einen tiefen Zug.

„Dann hast du Gisela schon gesehen“, bemerkte Alberic.

Fulk stellte seinen Krug ab und schaute Alberic direkt an.

„Wie geht es meiner Schwester wirklich?“, wollte er wissen. „Sie sagte, es gehe ihr gut, doch ich sehe Kummer in ihren Augen.“

Alberic wandte den Blick ab und fasste den Krug fester, um von dem abzulenken, was ihn bewegte.

„Ich habe ihr nichts getan, wenn es das ist, was du andeuten willst.“

„Ich habe genug über dich gehört, um das anzuzweifeln“, knurrte Fulk finster.

„Ich weiß, dass man mich die Bestie nennt“, sagte Alberic ruhig. „Und wahrscheinlich verdiene ich diesen Namen auch. Um ehrlich zu sein, hat es mir bisher eher gedient, dass man mich für ein Monster hält. Doch ich habe weder meiner ersten Gattin noch deiner Schwester Gewalt angetan. Frag Gisela. Ich habe sie kaum gesehen, seit sie hier ist. Ich lasse sie vollkommen in Ruhe.“

Fulk musterte ihn prüfend.

„Vielleicht ist *das* das Problem“, gab er schließlich zu bedenken. „Vielleicht fühlt sie sich einsam. Könnte es nicht sein, dass sie sich unerwünscht fühlt? Sie ist es gewohnt, geliebt und geschätzt zu werden. Schätzt du dein Weib? Selbst wenn du sie nicht liebst, solltest du sie zumindest wertschätzen.“

„Ich schätze sie sehr“, sagte Alberic leise, sein Tonfall warnend. „Ich wäre dir dankbar, wenn du dich nicht in meine Ehe einmischen würdest!“

„Sie ist immer noch meine Schwester und ich werde tun, was ich kann, damit sie glücklich ist. Schlimm genug, dass man sie während meiner Abwesenheit in diese Farce von einer Ehe zwang, doch ich warne dich. Wenn du ihr auch nur ein Haar krümmst, dann werde ich dich zur Verantwortung ziehen.“

Alberic sprang von seinem Stuhl auf.

„Und ich bin ihr Gatte! Sie untersteht nun meinem Haushalt und ich kann tun, wie mir beliebt. Wenn mir danach der Sinn steht, dann kann ich alles mit ihr tun. Das Recht ist auf meiner Seite. Vergiss das lieber nicht. Und wage es nicht, mir auf meinem eigenen Grund und Boden zu drohen!“

Auch Fulk war aufgesprungen und die beiden Männer funkelten sich über den Tisch hinweg an.

„Drohen? Ich werde mehr tun, als dir nur zu drohen“, schrie Fulk außer sich. „Ich schlag dir deinen verdammten Schädel ein!“

***

„Nun erzähl“, sagte Ylfa, nachdem sie sich auf eine Bank gesetzt hatten.

„Ich weiß nicht, wo ich anfangen soll“, sagte Gisela

und faltete die Hände in ihrem Schoß, da sie nicht wusste, was sie sonst mit ihnen machen sollte.

„Hat dein Gatte dir wehgetan? Ist er grob, wenn er ... bei dir liegt?", fragte Ylfa direkt.

Gisela errötete.

„Nein. Er ... Wir haben ..."

„Ihr habt was?", fragte Ylfa, als Gisela nicht weitersprach.

„Ich bin noch immer Jungfrau", platzte Gisela heraus.

„Was?", fragte Ylfa ungläubig. „Er hat sich dir noch nicht genähert? Er war nicht ... in dir?"

Gisela schüttelte den Kopf.

„In unserer Hochzeitsnacht verschüttete er Schweineblut auf dem Laken und zerriss mein Gewand, damit jeder dachte ... er und ich ... wir hätten ..."

„Er hat deine Entjungferung vorgetäuscht?"

„Ja, das hat er wohl. Am nächsten Morgen schickte er mich nach Hause."

„Und seitdem du wieder hier bist?"

„Sein Vater wollte, dass er mich zurückholt", erklärte Gisela. „Der alte Graf möchte einen Enkel. Er hat Alberic ein Ultimatum gesetzt, doch bisher hat er ... er hat noch nicht ... Er geht mir aus dem Weg. Meidet mich."

„Hm. Dann verstehe ich das nicht. Du bist wunderschön. Warum sollte dein Gatte dich nicht wollen? Das ist höchst seltsam."

„Einmal hier im Garten, da hätte er mich beinahe geküsst, doch im letzten Moment hat er die Beine in die Hand genommen, als wäre der Teufel hinter seiner Seele her."

„Aha!", sagte Ylfa und lächelte.

„Was, aha?", fragte Gisela verwirrt.
„Er hat aus irgendwelchen Gründen Angst davor, mit dir zu schlafen. Entweder fürchtet er, zu versagen, oder ..."
„Oder was?"
„Oder er hat Angst vor seinen Gefühlen. Vielleicht empfindet dein Gatte mehr für dich, als ihm lieb ist."
Gisela schüttelte den Kopf.
„Unsinn. Er empfindet nichts für mich", wehrte sie ab.
„Und warum geht er dir dann aus dem Weg?", hakte Ylfa nach. „Ich sage dir, er hat Angst."
„Ich denke, er mag mich einfach nicht", wiegelte Gisela ab. „Er findet mich vielleicht unattraktiv."
„Wie war das, wo er dich beinahe geküsst hätte?", fragte Ylfa. „Erzähl mir mehr davon. Wie ist es dazu gekommen?"
„Nun, ich bin um die Hecke herum gelaufen und mit ihm zusammengeprallt. Er fing mich auf und ... hielt mich eine ganze Weile ganz ... dicht an seinem Körper."
„Was hast du empfunden?", wollte Ylfa wissen.
„Was? Ich?", fragte Gisela peinlich berührt.
„Ja, du", bestätigte Ylfa. „Wie hast du dich gefühlt, als er dich so fest gehalten hat?"
„Mein ... mein Herz klopfte ganz schnell und mir war so merkwürdig. Ich ... ich glaube, ich hatte Angst."
„Und er?"
„Woher soll ich wissen, wie ... wie er sich gefühlt hat?"
„Was für einen Eindruck hat er gemacht? War seine Atmung schwer? Wie war sein Herzschlag?

Wie hat er dich angesehen? Was hat er gesagt?“

„Sei... seine Atmung war schwer und sein Herz ... Ich konnte es unter meiner Hand fühlen. Es schlug ganz kräftig und ... sein Blick war ... seltsam, irgendwie dunkel. Er war ganz heiß und ich fragte ihn ... ob er Fieber hätte.“

„Und was hat er geantwortet?“

„Er sagte ... er sagte, er würde brennen. Seine Stimme war ganz ... rau.“

„Das klingt für mich aber nicht, als würde er dich unattraktiv finden“, sagte Ylfa mit einem Schmunzeln. „Es ist, wie ich es vermutet habe. Er will dich, doch irgendetwas hält ihn davon ab, seinem Begehren nachzugeben.“

Gisela verspürte ein warmes Gefühl bei dem Gedanken, dass ihr Gatte sie wollte. Auch wenn sie nach wie vor Angst hatte, so empfand sie auch etwas anderes, ihr Unbekanntes.

„Was passierte dann?“, riss Ylfa sie aus ihren Überlegungen.

„Er legte seine Hand an meine Wange“, erzählte Gisela weiter. „Sein Daumen strich über meine Unterlippe. Dann ... dann kam sein Gesicht immer näher und ich dachte, er würde mich küssen. Doch ... er wandte sich auf einmal ab und rannte davon. Seitdem meidet er mich.“

„Das möchte ich meinen“, sagte Ylfa trocken. „So ein Feigling. Er rennt vor dir davon, weil du Gefühle in ihm auslöst, die er nicht will. Warum auch immer. Vielleicht hat er Angst, wenn er dich zu sehr liebt, dann könnte dir etwas passieren. Wie bei seiner ersten Frau. Ist doch möglich, dass er sie geliebt hat.“

„Die Bestie von Trugstein?“, fragte Gisela und

lachte ungläubig. „Ich glaube nicht, dass der Mann dazu fähig ist. Man sagt, er sei schuld an ihrem Tod. Ich würde mich nicht wundern. Er ist immer so finster und so ... brutal. Er hackt seine Männer beim Training förmlich in Stücke.“

„Das können alles Gerüchte sein. Warum sollte er nicht zu Gefühlen fähig sein?“, wollte Ylfa wissen. „Es gibt eine Menge Männer, die nach außen hin wie Monster wirken, und innen schlägt ein weiches Herz. Dein Bruder war auch eher verschlossen und hart, als ich ihn kennenlernte. Männer müssen nach außen hin stark aussehen, sonst verlieren sie den Respekt ihrer Männer. Doch das heißt nicht, dass sie nicht auch Gefühle haben.“

„Nicht mein Gatte“, wiegelte Gisela entschieden ab.

„Aber warum bist du nun so unglücklich?“, kam Ylfa auf das Problem zurück, das sie zu diesem Gespräch geführt hatte.

„Ich weiß nicht“, meinte Gisela zögerlich. „Ich fühle mich einsam. Und es ist nicht sehr schmeichelhaft, dass mein Gatte kein Interesse an mir hat. Auch ... auch wenn ich froh darüber sein sollte.“

„Und da liegst du falsch. Er *hat* Interesse an dir!“, beharrte Ylfa.

„Außerdem verlangt der Graf, dass Alberic und ich ... Wir sollen ein Kind ... machen. Und je länger ich darauf warte, dass ich mich dem Unvermeidlichen fügen muss, desto nervöser und ängstlicher werde ich.“

„Hast du dir schon einmal überlegt, dass du es vielleicht genießen könntest, wenn du mit deinem Gatten intim wirst? Es muss nicht immer schlecht für die Frau sein. Es ist eine Lüge, dass Frauen keine Lust empfinden können. Mit Fulk ...“ Ylfa lächelte. „Es ist sehr schön mit deinem Bruder. Ich habe ihn in den Wochen nach der Geburt der Zwillinge furchtbar vermisst, solange er nicht mit mir schlafen durfte. Es hat mir wirklich gefehlt.“

Gisela schaute ihre Schwägerin ungläubig an.

„Wirklich?“

Ylfa lachte.

„Ja. Wirklich!“

Eine Weile schwiegen sie.

„Möchtest du es wirklich hinter dir haben, wie du sagst?“, wollte Ylfa schließlich wissen.

Gisela nickte und ihr Puls fing dabei an, zu rasen.

„Dann verführ ihn!“, schlug Ylfa vor.

„Frau Gisela! Frau Ylfa!“, erklang die aufgeregte Stimme einer Magd, die mit gerafften Röcken auf sie zulief, und ersparte Gisela eine Antwort.

„Was gibt es denn?“, fragte Gisela mit einem unguten Gefühl.

„Der Herr und dein Bruder“, japste die Magd außer Atem.

„Was ist mit den beiden?“, verlangte Ylfa zu wissen.

„Sie kämpfen. In der Halle. Schnell!“

Gisela und Ylfa tauschten einen besorgten Blick aus, dann sprangen sie auf und liefen um die Burg herum.

***

Die beiden Männer lieferten sich einen harten Faustkampf. Giselas erster Gedanke war: Gott sei dank kämpfen sie ohne Waffen!

Beide Männer waren verschwitzt und bluteten aus Mund und Nase. Fulk hatte eine böse Platzwunde über dem rechten Auge, Alberics linkes Auge zeigte erste Anzeichen einer Schwellung. Sicher würden beide Männer morgen grün und blau im Gesicht aussehen.

„Du liebe Güte!“, sagte sie und griff nach Ylfas Hand.

„Zumindest sind sie unbewaffnet“, sprach Ylfa aus, was Gisela zuvor gedacht hatte.

„Ich glaube das nicht! Sie benehmen sich wie Fünfjährige und nicht wie erwachsene Männer!“, schimpfte Gisela.

Ylfa schnaubte.

„So sind Männer nun mal. Sie bleiben immer Kinder.“

Alberic schwankte von einem Schlag gegen die Schläfe und taumelte. Er konnte sich gerade noch ducken, um dem nächsten Schlag auszuweichen, der ihn unweigerlich zu Boden geschickte hätte.

„Aufhören!“, schrie Gisela und stapfte aufgebracht auf die Kämpfenden zu.

„Gisela, nicht!“, rief Ylfa und versuchte, sie zu halten, doch Gisela war so schnell, dass Ylfas Griff ins Leere ging.

Die Männer hielten schwer atmend inne und starrten sie an.

„Hört sofort auf mit dem Unfug“, forderte Gisela und baute sich von den beiden riesigen Männern auf.

„Misch dich nicht ein, Gisela“, sagte Fulk, ohne Alberic aus den Augen zu lassen. „Tritt zurück, damit ich dich von diesem Bastard befreien kann. Ich bringe ihn um!“

Gisela trat zwischen die beiden Männer, ihrem Bruder zugewandt. Sie bohrte ihm ihren Zeigefinger in die Brust.

„Nichts dergleichen wirst du tun“, sagte sie wütend. „Das ist *mein* Gatte und *meine* Angelegenheit! Lass ihn in Ruhe!“

„Ich brauche keine Amme“, knurrte Alberic hinter ihr.

Sie fuhr zu ihm herum und legte den Kopf in den Nacken, um zu ihm aufsehen zu können. Aufgestachelt von ihrer Wut vergaß sie alle Angst und Scheu, die sie ihm gegenüber gehabt hatte.

„Sooo“, sagte sie schneidend und stemmte die Hände in die Hüften. „Du brauchst also keine Amme, um meinen Bruder zu verprügeln, aber es mit deiner Gemahlin aufzunehmen traust du dich anscheinend nicht. Oder warum läufst du seit Wochen vor mir davon, he?“

Alberic starrte sie an, als ob sie vollkommen verrückt geworden wäre, und vielleicht war sie das ja auch, wenn sie ihn hier so mutig herausforderte.

Giselas Herz klopfte zum Zerspringen und sie wusste nicht, ob sie mit den Fäusten auf ihren hünenhaften Gatten einschlagen oder lieber die Flucht ergreifen sollte. Sie war so aufgebracht, dass sie nicht mehr klar denken konnte. Sie meinte sogar, ihren Bruder hinter sich kichern zu hören. Sie musste sich getäuscht haben. Sicherlich konnte Fulk dies hier nicht belustigend finden.

Nur am Rande bekam sie mit, wie Ylfa hinzutrat und Fulk mit sich zog, um die Halle zu verlassen. Auch alle anderen Anwesenden klärten nach und nach das Feld, bis Gisela und Alberic allein in der Halle waren und sich gegenseitig anstarrten.

„Du solltest wissen, dass es besser für dich ist, wenn ich vor dir weglaufe und nicht hinter dir her“, knurrte Alberic finster.

„Und warum? Wirst du mich töten?“, fragte sie, mehr von ihrer Wut geleitet als von ihrer Angst vor diesem Hünen. „Oder warum sollte ich Angst davor haben? Dein Vater gibt nicht eher Ruhe, bevor ich nicht dein Kind unter meinem Herzen trage. Und wie meinst du, soll ich das anstellen, wenn du mir immer aus dem Weg gehst?“

Er packte sie grob bei den Armen und schaute drohend auf sie hinab. Er war verschwitzt, blutbesudelt und er sah absolut furchterregend aus. Ihr Puls begann, zu rasen, und sie spürte, wie sie ein wenig der Mut verließ und einem Gefühl von Unbehagen wich. Vielleicht hatte er recht. Möglicherweise war es besser, wenn sie ihn nicht herausforderte. Er musste sie nicht töten, um ihr wehzutun. Sie wusste, dass viele Frauen den Vollzug der Ehe als schmerzhaft oder zumindest unerfreulich empfanden. Auch wenn Ylfa ihr gesagt hatte, dass Frauen die Vereinigung durchaus als befriedigend empfinden konnten.

„Du weißt nicht, wonach du da fragst“, sagte er rau. „Du hast keine Ahnung. Du bist so verdammt unschuldig!“

„Ja, ich bin unschuldig!“, schrie sie ihn an. „Aber es ist nicht meine Schuld, dass ich das noch bin!“

Er riss sie so plötzlich an sich, dass sie erschrocken aufschrie, doch der Schrei wurde von seinen Lippen gedämpft, die sich brutal auf ihren Mund pressten. Seine Bartstoppeln kratzten ihre empfindliche Haut und sie schmeckte Blut. Sein Blut, das von seiner aufgeplatzten Lippe stammte.

Ängstlich riss sie die Augen auf und starrte in seine dunklen Augen. Eine Hand legte sich an ihren Hinterkopf, um sie am Platz zu halten, während sein Kuss sanfter wurde. Sie hörte ihn leise aufstöhnen, als er seine freie Hand um ihre Mitte legte, um sie fester an seinen harten Körper heranzuziehen. Sie spürte etwas Hartes, das sich gegen ihren Bauch presste, und hatte eine vage Vorstellung davon, um was es sich dabei handelte. Sie war zwar noch unberührt, aber nicht gänzlich ahnungslos, was zwischen Mann und Frau während des Aktes geschah.

Alberics Zungenspitze fuhr testend über ihre Unterlippe und in ihrem Bauch schien sie auf einmal einen ganzen Schwarm von Schmetterlingen zu spüren. Sie fühlte ein seltsames Ziehen in ihren weiblichen Regionen. Ihre Brustwarzen pressten sich gegen den Stoff ihres Untergewandes. Wie von selbst öffneten sich ihre Lippen ein wenig und seine Zunge stieß ohne Vorwarnung in ihre Mundhöhle vor. Es war ein erschreckend aufregendes Gefühl. Ohne es zu wollen, entglitt ihr ein kehliger Laut, den er mit einem tiefen Stöhnen beantwortete.

Alberic ließ eine Hand unter ihre Knie gleiten und hob sie auf seine Arme, ohne seine Lippen von ihrem Mund zu lösen. Sie legte ihre Hände um seinen Hals und erwiderte zaghaft seinen Kuss. Sie wusste, dass er sie in sein Gemach brachte, und ihr Herz hüpfte vor Aufregung. Nur am Rande wurde sie gewahr, wie sie den Weg bis zu seinem Gemach zurückgelegt hatten. Erst, als er sie auf dem Bett ablegte und den Kuss löste, wurde ihr wieder vollkommen bewusst, wo sie sich befand und was ihr bevorstand. Sie starrte ihn an. Er stand schwer atmend vor dem Bett und riss sich mit fahrigen Bewegungen die Kleider vom Leib. Atemlos beobachtete sie ihn dabei, nahm jedes Detail seines kampfgestählten Körpers in sich auf. Der Anblick seiner nackten Haut, die sich über dicke Muskeln spannte und von der einen oder anderen Narbe gezeichnet war, rief die seltsamsten Gefühle in ihrem Körper hervor. Als er sich seiner Hose entledigte und sein Geschlecht ihr förmlich entgegensprang, weiteten sich ihre Augen.

„Keine Angst“, flüsterte er rau. „Ich gebe mir Mühe, vorsichtig zu sein.“

Sie nickte tapfer. Bange fragte sie sich, ob nur ihr Gatte so monströs bestückt war. Falls ihr Bruder auch so groß war und Ylfa es genoss, ihn in sich zu haben, dann konnte sie vielleicht auch ... Doch wenn sie an einen Mann mit Übergröße geraten war, dann würde er ihr sicherlich wehtun, sie vielleicht gar verletzen.

Alberic sah ihre geweiteten Augen und plötzlich war es ihm wichtig, ganz sanft mit ihr zu sein. Er wollte ihr auf keinen Fall wehtun. Er musste sich zusammennehmen und dies vorsichtig angehen. Sie war nicht nur zierlicher als die Frauen, die er normal bevorzugte, sie war auch noch unerfahren.

„Keine Angst“, flüsterte er rau. „Ich gebe mir Mühe, vorsichtig zu sein.“

Langsam ließ er sich neben ihr nieder und begann, sie zu entkleiden. Mit aller Macht unterdrückte er den Drang, ihr die Kleider vom Leib zu reißen und wie ein Tier über sie herzufallen. Er musste dafür sorgen, dass sie sich ihm ohne Angst hingeben konnte. Vielleicht, wenn sie sich an ihn gewöhnt hatte, konnte er eine etwas härtere Gangart einlegen. Doch wenn er dies jetzt nicht verderben wollte, dann musste er sich zügeln. Auch wenn es ihn fast umbrachte.

Alberic legte sich neben sie und begann, sie zu entkleiden. Mit klopfendem Herzen ließ sie ihn gewähren. Sie konnte seinen schweren Atem hören, sah den konzentrierten Ausdruck auf seinem Gesicht. Er hielt sich zurück und anscheinend kostete es ihn einiges an Anstrengung, das zu tun. Sie fragte sich, was für eine Bestie in ihm schlummerte und ob sie das wirklich wissen wollte. Als sie ganz unbekleidet war, ließ er seinen Blick über sie gleiten. Sie hatte das Gefühl, er würde sie mit seinen Augen verbrennen. Er streckte eine Hand aus und legte seinen Zeigefinger an ihre Lippen. Langsam ließ er die Hand abwärtsgleiten, strich über ihre Brust zu ihrem flachen Bauch bis zu ihrer Scham, wo er seine Hand ruhen ließ. Er schloss die Augen und biss die Zähne zusammen. Ein Zittern ging durch seinen Leib. Sie hob eine Hand und legte sie auf seine Brust.

„Nein!“, knurrte er. „Fass mich nicht an.“

Erschrocken zog sie die Hand zurück.

„Tut ... tut mir leid. Ich bin wohl schrecklich unerfahren“, murmelte sie bestürzt über seine heftige Reaktion.

Er schüttelte den Kopf und öffnete die Augen, um sie anzusehen.

„Es ist nicht deine Schuld“, sagte er rau. „Es ist meine. Ich versuche, das hier langsam angehen zu lassen. Ich will vorsichtig mit dir sein. Aber ich ... Es kostet mich alles. Du weißt nicht ... ahnst ja nicht ...“

Er schloss erneut die Augen und stieß einen leisen Fluch aus.

„Öffne deine Beine“, sagte er leise, und sie gehorchte.

Es war ein seltsames Gefühl, so offen dazuliegen. Er hockte sich zwischen ihre Schenkel und ließ seinen Blick an ihnen entlang zu ihrer Weiblichkeit gleiten.

„Du bist so wunderschön“, raunte er heiser.

Er strich mit seiner Hand an ihrem Bein aufwärts und sie spürte eine seltsame Feuchtigkeit zwischen ihren Schenkeln. Peinlich berührt kniff sie die Augen zusammen. Sie wollte die Beine zusammenpressen, doch er hielt sie offen.

„Nein“, raunte er. „Du brauchst dich nicht zu schämen. Es ist ganz natürlich. Lass mich dich berühren. Du musst für mich bereit sein, damit du mich in dir aufnehmen kannst.“

Sie spürte seine Finger an ihrer intimsten Stelle und ein Zittern durchlief ihren Körper. Als er über die in ihren Falten verborgene Perle strich, entglitt ihr ein kehliges Stöhnen.

„So ist es gut“, murmelte er konzentriert. „Lass dich fallen.“

Wundersame Gefühle durchfluteten ihren Körper, als er ihre Perle rieb. Sie spürte, dass sie auf etwas zustrebte, und wusste nicht, was es war. Plötzlich drang er mit einem Finger in sie und sie zuckte erschrocken zusammen.

„Lass es geschehen“, flüsterte er. „Du fühlst dich so gut an. So warm und feucht. So bereit für mich. Fühl es. Lass es zu.“

„Ich kann nicht“, hauchte sie, verwirrt von den Gefühlen. „Was geschieht mit mir?“

„Lass es kommen. Komm für mich, Kleines. Kämpf nicht dagegen an."

Dann kam es über sie und ein Schrei glitt über ihre Lippen. Ihr ganzer Leib schien von innen heraus zu explodieren. Hitze schoss in ihr Gesicht und ihr Unterleib zuckte rhythmisch zusammen. Nie hatte sie geglaubt, dass solche Gefühle möglich waren.

Sie spürte, wie Alberic über sie glitt, und etwas Hartes presste sich gegen ihre Öffnung. Ehe die Angst von ihr Besitz ergreifen konnte, war er schon in ihr. Er dehnte und füllte sie.

„Es wird kurz wehtun, nur dieses erste Mal. Versuch dich zu entspannen. Ich bin so vorsichtig, wie ich kann."

Sie starrte ihn an und er hielt ihren Blick, als er langsam weiter in sie vordrang, mit einem so verkrampften Gesichtsausdruck, dass sie sich fragte, ob es für ihn auch schmerzhaft war. Dann spürte sie den scharfen Schmerz und sie stemmte ihre Hände gegen seine Brust, wollte ihn von sich schieben.

„Tut mir leid, Kleines, aber ich kann jetzt nicht mehr aufhören", keuchte er. „Versuch, dich zu entspannen."

Er hielt inne und senkte den Kopf, um sie zu küssen. Der Schmerz in ihrem Schoß ließ langsam nach und sein Kuss entfachte eine lodernde Glut in ihrem Inneren. Als er die Bewegungen wieder aufnahm, fühlte es sich auf seltsame Art wundervoll an. Sie konnte ihn so tief in sich spüren.

„Oh, Kleines, das ist Himmel und Hölle zugleich", murmelte er an ihrem Ohr.

Ihre Hände glitten über seinen Rücken, seine Schultern. Es gefiel ihr, wie er sich anfühlte, wie seine Muskeln sich unter ihren Handflächen bewegten. Schweiß bedeckte seinen Körper.

„Fühl mich“, flüsterte er in ihr Ohr. „Jetzt bist du mein. Sag es!“

„Ich ... ich bin dein“, stammelte sie atemlos.

Seine tiefen Stöße lösten erneut diese intensiven Gefühle in ihr aus wie seine Finger zuvor und sie fühlte, wie sie noch einmal höher und höher getragen wurde, bis sie erneut den Gipfel erreichte und ihr Fleisch sich zuckend um ihn zusammenzog.

„Das ist es, Kleines“, keuchte er und warf den Kopf in den Nacken, um seine eigene Lust hinauszuschreien. Keuchend ließ er sich von ihr runtergleiten und sie lagen schwer atmend nebeneinander. Gisela hatte das seltsame Bedürfnis, sich an ihn zu schmiegen, doch sie traute sich nicht.

„Komm her“, forderte er heiser und zog sie an sich, dass sie mit dem Kopf an seiner Schulter zu liegen kam. Scheu legte sie eine Hand auf seine Brust. Sein Herzschlag war genauso rasend wie ihr eigener. Gisela fühlte sich euphorisch und angenehm gesättigt zugleich. Jetzt konnte sie Ylfa verstehen. Wenn es bei Ylfa und Fulk auch so war, dann war es kein Wunder, dass sie kaum die Finger voneinander lassen konnten.

„Bist du in Ordnung“, fragte er nach einer Weile.

„Ja.“

„Dann ist es für dich nicht schlimm, wenn wir das vielleicht öfter tun müssen?“, fragte er. „Wegen dem Kind, meine ich. Damit du mein Kind empfängst.“

Gisela spürte eine leise Enttäuschung bei seinen Worten. War das alles, was dies für ihn bedeutet hatte? Ihr ein Kind zu machen?

„Es ... es ist in Ordnung“, antwortete sie mit

zittriger Stimme.

„Vielleicht ... vielleicht sollten wir es noch einmal versuchen", meinte er heiser. „Um die Chancen zu erhöhen."

Giselas Herz klopfte schneller.

„Wenn ... wenn du meinst."

„Setz dich auf mich", forderte er mit belegter Stimme.

Ein wenig zögerlich kam sie seiner Aufforderung nach. Es war ein seltsames Gefühl, nackt auf ihm zu sitzen, seinen harten Bauch unter ihrer bloßen Scham zu spüren. Sie wagte nicht, ihn anzusehen, also starrte sie auf seine breite Brust. Seine Hände glitten an den Außenseiten ihrer Oberschenkel hinauf, über ihre Hüften, Taille bis zu ihren Brüsten. Er massierte die runden Kugeln, rieb mit den Daumen über die empfindlichen Spitzen. Ein Stöhnen glitt ihr über die Lippen.

„Du bist so schön", raunte er. „Sieh mich an. Ich will nicht, dass du dich vor mir versteckst. Es gibt nichts, wovor du dich schämen musst. Alles, was zwischen uns geschieht, ist natürlich."

Mit einem flattrigem Gefühl im Bauch, hob sie den Blick. Seine dunklen Augen musterten jede ihrer Regungen, als er ihre Brüste mit seinen Händen massierte. Er nahm ihr Gesicht zwischen seine Hände und zog sie zu sich hinab, um sie zu küssen. Kühn drängte sich seine Zunge in ihren Mund vor und eroberte ihn mit einer Präzision, die ihr direkt wie ein heißer Blitz in den Unterleib fuhr. Feuchtigkeit floss zwischen ihren Schenkeln hervor und sie riss sich verschämt von ihm los, wollte von ihm herunterklettern, doch er hielt sie fest und schaute sie stirnrunzelnd an.

„Was ist los?“, fragte er sanft.

„Ich ... ich mache dich ganz ... nass“, murmelte sie errötend.

Er lachte. Ein tiefes, kehliges Lachen.

„Und du denkst, das würde mich stören?“, fragte er und sah sie eindringlich an. „Wenn mein Kuss solche Reaktionen in dir hervorruft, dann ist das ein Kompliment für mich. Ich liebe es, wie du auf mich reagierst. Was soll so falsch daran sein, wenn du mich begehrst? Dein Liebessaft kann niemals etwas sein, das mich stört. Egal, auf welchem Teil meines Körpers.“

Er drehte sich mit ihr, dass er auf ihr zu liegen kam, und rutschte an ihrem Leib hinab, bis er zwischen ihren Schenkeln kniete. Mit großen Augen beobachtete sie, wie sein Kopf sich über ihrem Schoß senkte.

„Was hast du vor?“, fragte sie panisch. Auf keinen Fall wollte sie ihn dort so nah haben. Es war ihr furchtbar unangenehm. Wie konnte er ...

„O“, machte sie, als sie seine Zunge spürte, die sich genüsslich an ihrem Schoß labte. „Aber ... das geht doch ... nicht.“

„Warum nicht?“, raunte er, ohne seine Liebkosungen zu unterbrechen. „Du schmeckst köstlich. Ich will mehr davon. Lass dich fallen und genieße es einfach. Ich will dir Lust schenken. Es ist nichts Falsches dabei.“

Alles in ihr schrie, dass sie ihn daran hindern musste, dass er dies nicht tun konnte, doch als seine Zungenspitze ihre Perle fand, setzte ihr vernünftiges Denken aus und bald schon hob sie sich drängend ihm entgegen. Ihre spitzen Schreie füllten das Gemach, bis sie so sehr im Höhepunkt ihrer Lust verging, dass ihr für einen Moment schwarz vor Augen wurde.

Dann war er über ihr, stieß in sie hinein. Sie hörte sein leises Lachen an ihrem Ohr.

„Du warst vollkommen weg, Süße“, raunte er. „Du bist unglaublich. Ich bekomme nicht genug von dir. Ich will dich kommen lassen, immer und immer wieder.“

Sie spürte ihn so tief, dass es beinahe schmerzhaft war, aber auf eine gute Weise. Was war da nur eben mit ihr passiert? Sie war wirklich vollkommen weggetreten gewesen. Ihr ganzer Körper vibrierte noch immer von diesem Erlebnis und sie spürte, wie sich schon wieder eine beinahe unerträgliche Spannung in ihrem Leib aufbaute. Er stieß so heftig in sie hinein, dass sie das Gefühl hatte, das ganze Bett würde sich bewegen. Ihre Finger krallten sich in seine Schultern, dass es schmerzhaft sein musste, doch er beschwerte sich nicht. Immer wieder raunte er ihren Namen. Ihr Schrei mischte sich mit seinem, als sie beide gleichzeitig den Gipfel der Lust erreichten. Bunte Lichter tanzten vor ihren Augen und Tränen schossen plötzlich aus ihren Augen. Sie wurde von einem regelrechten Heulkrampf geschüttelt.

„Shhhht“, murmelte er an ihrem Ohr. „Ist ja gut, Süße. Ich halte dich.“

Sie klammerte sich an ihn, als hinge ihr Leben davon ab. Die Nachwehen ihres Höhepunktes ließen ihren Körper noch immer zusammenzucken und sie registrierte, dass sie ihre Zähne in seine Schulter geschlagen hatte. Himmel! Was tat sie ihm an. Erst zerkratzte sie ihn und jetzt hatte sie ihn auch noch gebissen.

„Tut mir leid“, schluchzte sie.
Er lachte.
„Hey, entschuldige dich bloß nicht“, sagte er und hob den Kopf, um ihr in die Augen zu schauen. „Ich habe jede verdammte Sekunde davon genossen.“
„Aber ich habe dir wehgetan“, sagte sie bestürzt.
Er grinste.
„Das, meine kleine wilde Katze, sind Wunden, die ich mit Stolz tragen werde.“
„Dann macht es dir nichts aus?“
Er schüttelte den Kopf.
„Ich liebe es. Wer hätte gedacht, dass dieses blasse kleine Mädchen, das ich geheiratet habe, sich zu so einer Wildkatze entwickeln würde? Du darfst meinen ganzen Körper mit Narben übersähen, wenn du mir dabei solche Lust verschaffst.“
Er ließ sich langsam von ihr runtergleiten und zog sie in seine Arme. Sie hätte nie gedacht, dass es sich so gut anfühlen würde, in den Armen eines Mannes zu liegen. Nach allem, was sie gehört hatte, ging die Frau nach dem Akt in ihr eigenes Gemach. Ihr Bruder und Ylfa waren das einzige Paar, von dem sie wusste, dass sie ein Bett teilten. Zwar hatte Ylfa eine eigene Kammer, doch sie schlief nie darin.
„Ich befürchte, wir haben das Abendessen verpasst“, sagte Alberic etwas später. „Bist du hungrig?“
„Nein“, murmelte sie schläfrig. „Nur müde.“
„Dann sollten wir schlafen“, sagte er.
„Soll ... soll ich gehen?“, fragte sie leise.
„Nein“, antwortete er rau. „Bitte bleib. Ich möchte mit deinem süßen Duft in der Nase einschlafen und am Morgen davon geweckt werden.“
Gisela kuschelte sich ganz dicht an ihn und atmete

tief ein. Ja, auch sie mochte seinen Geruch. Definitiv. Er roch erdig, warm und absolut männlich. Es dauerte nicht lange, bis sie einschlief.

Kapitel 5

Gisela war verwirrt. Es waren zwei Wochen vergangen, seitdem Alberic sie in sein Gemach getragen und ihre Ehe vollzogen hatte. Er liebte sie jede Nacht mit der gleichen Leidenschaft und zärtlich an jedem Morgen, doch tagsüber verhielt er sich ruppig und ging ihr erneut aus dem Weg. Auch hatte sie das Gefühl, dass er nachts rastlos war. Selbst nachdem er sie zwei, manchmal sogar drei Mal geliebt hatte, schien er nicht wirklich gesättigt. Manchmal stand er plötzlich vom Bett auf und rannte aus dem Zimmer, um eine Stunde später zurückzukehren. Morgen würden Fulk und Ylfa wieder abreisen und Gisela haderte noch mit sich, ob sie Ylfa von ihrem Problem erzählen sollte. Vielleicht sollte sie auch einfach ihren Gatten fragen?

Sie spürte einen Blick in ihrem Rücken und wandte sich um. Die Magd Fara stand in der Tür und starrte sie hasserfüllt an. Gisela hatte schon mehrfach bemerkt, dass die Magd sie beobachtete. Sie schien irgendetwas gegen Gisela zu haben. Es kam schon vor, dass Bedienstete ihre Herren hassten, doch normalerweise zeigten sie es nicht so deutlich.

„Was starrst du mich so an?“, fragte Gisela barsch.
„Nichts“, fauchte Fara und wollte sich zum Gehen wenden.
„Halt!“, rief Gisela, entschlossen, die ungehörige Magd zur Rede zu stellen.
Fara blieb stehen, den Kopf hochmütig erhoben.
„Komm hierher!“, sagte Gisela streng. „Ich will mit dir reden.“
Fara zuckte mit den Schultern und kam näher. Sie machte keinen Hehl daraus, dass sie auf Gisela hinabsah, und das nicht nur wegen ihrer Körpergröße.
„Ich verlange zu wissen, was du von mir willst. Du folgst mir, beobachtest mich und starrst mich an. Wenn du ein Problem mit mir hast, sprich es aus!“
„Nicht ich hab ein Problem, sondern dein Gatte“, fuhr Fara auf. „Du kannst ihn nicht befriedigen, weil du seine besonderen Gelüste nicht bedienen kannst. Ich war es, die ihm bislang das gegeben hatte, was er braucht, doch weil er zu loyal ist, kommt er nicht mehr zu mir, seitdem du da bist. Er lässt sich nicht von mir helfen, diesen Druck loszuwerden, und er wird mit jedem Tag miserabler. Du magst das vielleicht nicht sehen, aber ich sehe es!“
„Was für besondere Gelüste?“, forderte Gisela zu wissen. Ihr Herz klopfte laut und zog sich schmerzlich zusammen bei dem Gedanken, dass Alberic und diese Magd ... Sie wollte gar nicht darüber nachdenken. Obwohl sie im Grunde schon so etwas vermutet hatte.
„Du kennst deinen Gatten überhaupt nicht, nicht wahr? Du kennst seine dunklen Gelüste nicht? Du weißt nicht, was er braucht?“
„Sprich nicht in Rätseln“, forderte Gisela

aufgebracht.

„Unterwerfung“, spie Fara ihr entgegen. „Das ist es, was dein Gatte von dir will. Totale Unterwerfung. Er will dich fesseln, dich dominieren. Er will dich hart nehmen und nicht immer nur auf deine zarte Gestalt Rücksicht nehmen müssen. Man braucht dich nur ansehen, um zu wissen, dass du eine Nacht mit ihm, wie er sie sich als befriedigend vorstellt, nicht überleben würdest.“ Fara musterte Gisela verächtlich.

Außer sich vor Wut und Empörung holte Gisela aus und verpasste der Magd eine schallende Ohrfeige.

„Ich mag zerbrechlich aussehen, doch ich bin stärker, als du denkst“, fauchte sie. „Pack deine Sachen und geh!“

„Das kannst du nicht“, schrie Fara. „Alberic oder der Graf können mich entlassen, aber du hast keine Macht über mich.“

„Das werden wir ja sehen“, schnaubte Gisela und rauschte an Fara vorbei aus dem Raum. Sie rannte die Treppen hinab und schaute sich suchend nach ihren Gatten um. Er war nicht in der Halle. Nur einige Krieger saßen am Tisch und unterhielten sich.

„Wo ist Alberic, mein Gatte?“

„Im Stall“, antwortete einer der Männer.

Sie verließ das Gebäude und rannte über den Hof. Mit klopfendem Herzen betrat sie den Stall. Es war dämmrig im Inneren und sie musste kurz stehen bleiben, um sich an die Lichtverhältnisse zu gewöhnen. Weit und breit war niemand zu sehen, doch sie hörte leises Murmeln am anderen Ende des Ganges. Mit weichen Knien schritt sie durch die breite Stallgasse. Alberic stand bei einer hochtragenden Stute und bürstete ihr glänzendes Fell. Dabei murmelte er zärtliche Worte und das Pferd bewegte die Ohren hin und her, als es ihm lauschte.

Er hörte ihre Schritte und sah auf. Ihre Blicke trafen sich.

„Ich muss mit dir reden“, sagte sie mit vor Aufregung zittriger Stimme.

„Ich bin hier gleich fertig. Triff mich in der Halle“, sagte er und fuhr fort, die Stute zu striegeln.

„Nein!“, rief sie so fest, dass er sie erschrocken anblickte.

„Ist es so dringend?“

„Ja! Es ist dringend!“, sagte sie und stemmte die Hände in die Hüften.

„Erzähl!“, forderte er und nahm seine Arbeit wieder auf.

„O nein! Ich will, dass du mir in die Augen siehst!“

Er begegnete ihrem Blick. Sie konnte sehen, wie seine Halsschlagader pochte.

„Ist es wahr, was Fara mir erzählt hat?“

„Ich war nicht mehr bei Fara, seitdem wir miteinander geschlafen haben, wenn es das ist, was dich beunruhigt. Ich streite nicht ab, dass ich vorher etwas mit ihr gehabt habe. Ich bin auch nur ein Mann. Ein Mann mit Bedürfnissen.“

„Richtig!“, sagte sie schneidend. „Bedürfnisse! Und zwar besondere Bedürfnisse, wie Fara mir mitteilte!“

Seine Augen funkelten.

„Sie hat es dir also erzählt, ja? Und was nun? Verachtest du mich? Ich kann nichts dafür, dass ich so empfinde!“

„Wie empfindest du denn?“, fragte sie verzweifelt.

„Du hast mir nicht mit einem Wort gesagt, das unser ... unser Zusammensein dich nicht befriedigen würde.“

Sein Blick wurde sanfter und er seufzte.

„Es ist in höchstem Maße befriedigend, es ist nur ...“

„Was?“

„Es weckt in mir den Hunger nach mehr. Nach Dingen, die ich ... nicht haben kann.“

„Warum?“

„Weil ich so bin!“

„Das meine ich nicht!“, sagte sie. „Ich meine, warum kannst du es nicht haben?“

„Ich würde dir so was nicht antun!“

„Weil du denkst, es würde mich zerbrechen? Ich bin robuster, als ich aussehe.“

„Gisela“, sagte er gequält. „Meine Fantasien sind ... Ich will dich fesseln und Dinge mit dir tun ... Ein Mann sollte sein Weib nicht so behandeln. Lass unser Liebesleben so bleiben, wie es ist.“

„Aber seine Magd kann man so behandeln?“, fragte sie wütend.

„Das ist etwas anderes“, knurrte er. „Ich will nicht mehr darüber reden.“

„Nun gut!“, sagte sie wütend. „Aber ich will, dass dieses Weib von hier verschwindet. Sie hat sich seit Tagen ungehörig benommen, aber heute hat sie dem Ganzen die Krone aufgesetzt!“

„Warum hast du nicht eher etwas gesagt?“, wollte er wissen. „Ich hätte sie in ihre Schranken verwiesen.“

„Das wird bei ihr nicht funktionieren. Ich will, dass sie geht, oder ich gehe!“

„Gisela. Sei doch vernünftig. Wenn ich sie vor die

Tür setze, hat sie kein Dach mehr über dem Kopf und nichts zu essen. Es gibt weit und breit keine Anstellung für sie."

„Du wirst sie also nicht entlassen?"

„Gib ihr noch eine Chance. Ich rede mit ihr. Wenn sie sich nicht ändert, dann entlasse ich sie. Doch wenn sie sich von nun an dir gegenüber mit Respekt verhält, dann bleibt sie."

Giselas Herz klopfte zum Zerspringen. Sie war so empört, dass sie es kaum in Worte fassen konnte. Sie warf ihm einen vernichtenden Blick zu und rauschte davon.

***

Alberic stieß einen Fluch aus, als Gisela aus dem Stall verschwunden war. Nun war sein schlimmster Albtraum wahr geworden. Sie wusste von seiner Neigung und von Fara. Er hatte seine frühere Geliebte nicht mehr aufgesucht, seit er mit Gisela geschlafen hatte. Er konnte es einfach nicht. Doch es war wahr. Je öfter er mit seiner Gattin schlief und egal wie unglaublich es mit ihr war, explosiver als alles, was er zuvor erlebt hatte, so nährte es doch nur noch mehr seinen Hunger nach ihr, nach ihrer Unterwerfung. Sie war viel zu unschuldig, um zu ahnen, auf was sie sich einließ, wenn sie glaubte, dass er seine Bedürfnisse mit ihr ausleben könne. Es würde sie überfordern und hinterher würde sie ihn fürchten oder hassen. Oder beides. Als Erstes musste er mit Fara reden. Sie musste einsehen, dass es jetzt vorbei war mit ihnen und dass sie seine Gattin zu respektieren hatte.

„Fara“, sagte Alberic streng. „Ich will, dass du die Tatsachen akzeptierst. Falls nicht, bin ich gezwungen, dich zu entlassen.“

Alberic schaute seine ehemalige Geliebte genervt an. Er hatte ihr alles erklärt und sie war in Tränen ausgebrochen. Seit einer halben Stunde diskutierte er nun schon mit ihr und sie versuchte immer noch, ihn zu überreden, weiterhin zu ihr zu kommen.

„Ich kann diskret sein“, sagte sie. „Deine Gemahlin muss davon nichts wissen. Wir beide wissen, dass sie dir nicht geben kann, was du brauchst. Sie ist viel zu zerbrechlich und unschuldig. Das habe ich ihr auch versucht zu sagen. Wirklich. Ich war nicht böse zu ihr. Nur aufrichtig. Ich will nicht, dass sie verletzt wird. Wenn sie mich nicht direkt darauf angesprochen hätte, dann hätte ich ihr gar nichts erzählt.“

„Ich möchte nicht mehr darüber diskutieren“, entgegnete Alberic fest.

Fara drängte sich an ihn und er versuchte, sie von sich zu schieben, ohne zu grob zu werden. Sie schaute zu ihm auf mit diesem unterwürfigen Blick, den sie gelernt hatte zu perfektionieren.

„Bitte, Herr. Lass mich dir helfen“, gurrte sie. „Ich weiß, was du brauchst. Ich bin ganz dein. Wie immer.“

Sie ging vor ihm auf die Knie und legte ihre Hände auf seine Erektion. Er verfluchte sich, dass er hart wie Stein war. Seit er das erste Mal von seiner kleinen Gattin gekostet hatte, war er dauernd in einem Zustand der Halberregung und es brauchte nicht viel, ihn vollkommen hart werden zu lassen. Auch wenn sein Kopf und Herz bei Gisela waren, so erinnerte sich sein verdammter Körper nur zu gut an die Lust, die Fara ihm verschaffen konnte.

„Fara, nicht“, sagte er, doch er konnte nicht verhindern, dass ein Stöhnen über seine Lippen kam, als sie ihn massierte. Sie küsste ihn durch den Stoff seiner Hose. Er griff in ihre Haare, um sie hochzuziehen, entschlossen, sich nicht von ihr verführen zu lassen, als die Tür aufging und Gisela auf der Schwelle erschien. Sein Herz sank ihm in die Hose, als er ihren geschockten Gesichtsausdruck sah. Der Schmerz in ihren schönen Augen war wie ein Dolch, der sich in sein Herz bohrte.

„Gisela“, stieß er aus, hilflos nach Worten ringend, etwas zu erklären, was er wusste, niemals zu ihrer Zufriedenheit erklären zu können. Ihr Blick hatte sich fest auf die nur allzu deutliche Ausbeulung in seiner Hose geheftet. Er wusste, wie das für sie aussehen musste.

„Es ist nicht so, wie es aussieht“, versuchte er dennoch lahm und kam sich dabei wie ein verdammter Schuft vor. Was würde er tun, wenn er in ihr Zimmer käme und ein Mann zwischen ihren Schenkeln knien würde? – Den Bastard umbringen, ohne Frage.

„Entschuldige“, krächzte Gisela und der Schmerz in ihrer Stimme war so deutlich, dass es ihm die Tränen in die Augen trieb. Doch das sah sie nicht mehr, denn sie hatte sich umgedreht und war geflohen.

Wie erstarrt stand er da und blickte ihr hinterher. Als er spürte, wie Fara sich erneut an seinem Schwanz zu schaffen machte, geriet er in eine so rasende Wut, dass er sie heftiger von sich stieß, als er normalerweise eine Frau behandeln würde. Sie schlug mit dem Kopf gegen das Bett und schrie vor

Schmerz und Schock auf.

„Raus!“, brüllte er außer sich. „Pack deine Sachen und lass dich nie wieder hier blicken!“

Fara rappelte sich mühsam hoch und floh aus dem Raum. Alberic war rasend vor Wut, Schmerz und Verzweiflung. Er brüllte und schlug mit seinen Fäusten auf die Bettpfosten ein, bis seine Knöchel blutig und roh waren. Doch der Schmerz war nichts im Vergleich zu dem, was er in seinem Herzen empfand.

***

Gisela floh in ihr Gemach und knallte die Tür hinter sich zu. Verzweifelt schluchzend schmiss sie sich auf das Bett. Nie hätte sie gedacht, dass etwas so wehtun könnte wie der Anblick dieser verdammten Fara zu Füßen ihres Gatten. Es war eindeutig genug, was die beiden gerade in Begriff gewesen waren zu tun. Seine Erektion war nicht zu übersehen gewesen. Deswegen wollte er Fara nicht entlassen. Weil er es weiterhin mit ihr treiben wollte. So ein verdammter Lügner und Ehebrecher! Oh, wenn es nur nicht so wehtun würde. Hilflos schluchzend überließ sie sich ihrem Schmerz, bis sie vor Erschöpfung einschlief.

Gisela schreckte aus dem Schlaf hoch, als sich eine Hand auf ihren Mund legte. Sie riss die Augen auf, doch in der Dunkelheit konnte sie die Gestalt über sich nur schemenhaft ausmachen. Eine kalte Klinge drückte sich gegen ihren Hals und ihr Herz schien einen Schlag lang auszusetzen.

„Wenn du nur einen Laut von dir gibst, töte ich

dich. Ist das klar?“, erklang die Stimme eines Mannes.

Sie nickte mit vor Schreck weit aufgerissenen Augen.

Die Hand wurde von ihrem Mund genommen und der Mann zog sie vom Bett herunter auf die Beine. Nun sah sie, dass es zwei Gestalten waren. Der mit dem Messer hielt sie fest, während der andere ihr einen Knebel in den Mund schob und ihre Hände hinter ihrem Rücken fesselte. Sie bekam plötzlich Panik und begann, sich zu wehren. Ein heftiger Schlag auf den Kopf schickte sie in die gnädige Dunkelheit.

***

Durchgenässt bis auf die Knochen näherte sich Alberic dem Tor. Er war zwei Tage unterwegs gewesen, ehe er den Mut fand, wieder zur Burg zurückzukehren. Nachdem er sich die Knöchel an seinem Bett blutig geschlagen hatte, war er in den Stall gestürmt und hatte sich das erstbeste Pferd gegriffen. Er ritt in so halsbrecherischem Tempo von Trugstein weg, als wäre eine Armee von Dämonen hinter ihm her. Und in gewissem Sinne war es auch so gewesen. Er hatte Giselas verletzten Blick nicht aus seinem Kopf verbannen können. Nicht einmal das Adrenalin eines scharfen Rittes konnte diese Erinnerung aus seinem Gedächtnis löschen. Er war so lange geritten, bis das Pferd beinahe unter ihm zusammengebrochen war. Erst dann hatte er angehalten und eine unbequeme Nacht im Feld verbracht. Auch den nächsten Tag war er durch die Gegend geritten, bis er den Entschluss gefasst hatte,

Gisela auf Knien um Verzeihung zu bitten. Es würde wenig Sinn machen, etwas abzustreiten, sie würde ihm kaum glauben können, nachdem, was sie gesehen hatte. Doch er würde ihr schwören, dass es nur noch sie für ihn gab, und Fara war ja auch nicht mehr da. Er hatte sein Pferd gewendet, um nach Hause zu reiten. Dann hatte der Regen eingesetzt, doch er spürte mehr Unbehagen bei dem Gedanken, seiner Gattin gegenübertreten zu müssen, als durch das unangenehm kalte Wetter.

Das Tor öffnete sich und er ritt in den Hof hinein. Ein Stallknecht kam herbeigeeilt, um sein Pferd in Empfang zu nehmen. Mit schnellen Schritten stürmte er in die Halle, wo sein Vater über einem Krug Met saß.

„Vater!“, sagte Alberic erstaunt. „Dir geht es wieder besser?“

„Ich lebe noch, wenn du das meinst“, brummte der alte Mann. „Abgesehen davon geht es mir miserabel. Wo hast du gesteckt?“

„Ich bin herumgeritten.“

Sein Vater schnaubte.

„Ich würde gern wissen, was hier eigentlich los ist“, wetterte der alte Graf. „Erst muss ich erfahren, dass du Fara entlassen hast, dann sind dein Schwager und seine Frau in aller Frühe abgereist, ohne dass ich etwas davon wusste, und deine Gattin ist spurlos verschwunden.“

„Gisela ist nicht hier?“, fragte Alberic entsetzt. „Wo ist sie?“

„Ich weiß es nicht!“, brüllte sein Vater. „Sie verschwand in derselben Nacht wie du. Und niemand von den Männern hat gesehen, wie sie die Burg verlassen hat. Sie muss durch den geheimen

Tunnel verschwunden sein. Anscheinend wusste sie davon. Möglich, dass sie den Eingang zufällig bei ihrer verdammten Gartenarbeit entdeckt hat. Auf jeden Fall ist sie verschwunden.“

Angst griff mit kalten Klauen nach Alberics Herzen. Gisela war verschwunden und er bezweifelte, dass sie das auf eigene Faust bewerkstelligt hatte. Wenn sie von ihm davonlaufen wollte, wäre sie mit ihrem Bruder geritten und nicht allein und ohne Pferd durch den geheimen Gang verschwunden, der unter einer verborgenen Falltür im Garten begann und gut eine Meile weiter im Wald endete.

„Jemand hat sie entführt!“, sagte er verzweifelt. „Sie wäre nie allein durch den Gang geflüchtet. Selbst wenn sie davon gewusst hätte.“

„Woher willst du das wissen?“, fragte sein Vater aufgebracht. „Ich hab mitbekommen, dass es hier ein Zerwürfnis über Fara gab. Ich dachte, ich hätte dich dazu erzogen, dass du wenigstens diskret bist mit deinen Liebchen. Ich habe deiner Mutter nie Anlass gegeben, mir eine Szene zu machen. Ich war immer diskret!“

„Ich habe weder mit Fara noch irgendeinem anderem Weib gevögelt, seit ich mein Bett mit Gisela teile“, knurrte Alberic und sah seinen Vater finster an. „Aber das tut jetzt auch nichts zur Sache. Ich muss meine Gattin finden. Wenn jemand ihr ein Haar gekrümmt hat, dann bringe ich ihn eigenhändig um!“

„Und wo willst du sie suchen?“, wollte sein Vater wissen. „Wir haben bereits alles um die Burg herum abgesucht und keine Spur gefunden. Wenn es eine Spur gab, dann hat der Regen alles weggewaschen.“

„Ich habe einen Verdacht. Ich muss Fara finden", sagte Alberic mit grimmiger Miene.

„Sie ist im Dorf bei der alten Mina. Sie hat sich bereiterklärt, das Mädchen aufzunehmen. Ich komme für die Kosten auf. Immerhin ist es nicht ihre Schuld, dass du sie plötzlich nicht mehr brauchst."

Alberic beugte sich zu seinem Vater über den Tisch und seine Augen blitzten gefährlich.

„Willst du mir sagen, ich hätte es weiterhin mit ihr treiben sollen, nur um ihr gerecht zu werden?", fragte er in schneidendem Tonfall.

„Nein, aber du hättest sie nicht rauswerfen müssen."

„Sie hat sich Gisela gegenüber unmöglich benommen und Gisela verlangte, dass ich sie fortschicke."

„Wie auch immer. Das alles bringt uns jetzt nicht mehr weiter", sagte der alte Graf. „Was hast du jetzt vor?"

Alberic richtete sich auf, die Hände zu Fäusten geballt, starrte er seinen Vater an.

„Als Erstes werde ich Fara einen Besuch abstatten. Ich habe das Gefühl, dass sie irgendetwas mit dem Verschwinden meiner Gattin zu tun hat. Und ich werde es herausfinden, das schwöre ich bei Gott."

***

Gisela erwachte mit höllischen Kopfschmerzen und einem Gefühl von Übelkeit. Sie meinte sogar, dass sich der Boden unter ihr auf und ab bewegen würde. Stöhnend versuchte sie, sich aufzusetzen, und stutzte. Der Boden unter ihr schwankte wirklich. Wo war sie? Es war dunkel in dem Raum, in dem sie sich befand, doch sie konnte die Holzdielen unter ihren Händen spüren. Sie lauschte in die Dunkelheit. Hörte sie Wasser plätschern? Die Bewegungen, die Planken, das Wasser – sie war auf einem Schiff!

Panisch fühlte sie um sich herum. Alles, was sie spüren konnte, war eine Truhe neben ihr, die mit einem Schloss zugesperrt war. Auf allen vieren und mit klopfendem Herzen bewegte sie sich über den Boden, bis sie anscheinend die Wand des Raumes erreicht hatte. Mühsam richtete sie sich auf den Knien auf und stöhnte, als der Schwindel sie überkam.

Jetzt bloß nicht ohnmächtig werden, dachte sie verzweifelt.

Der Schwindel verging und sie begann, sich auf Knien an der Wand entlangzutasten, bis sie die Tür gefunden hatte. Sie fand den Riegel und versuchte, die Tür zu öffnen. Sie war verschlossen.

„Nein!“, stieß sie enttäuscht aus.

In ihrem Kopf rasten die Gedanken in einem wilden Durcheinander. Wie war sie hierhergekommen? Wer steckte dahinter und was hatte man mit ihr vor? Konnte es sein, dass Alberic sie loswerden wollte, um seine Vorlieben mit Fara ausleben zu können? Nein! Das wollte sie nicht glauben. Nicht nach all den zärtlichen und leidenschaftlichen Nächten. Aber wer dann? Sie bezweifelte, dass Fara über die Mittel und Verbindungen verfügte, um dies hier so schnell eingefädelt zu haben. Doch ausschließen konnte sie es nicht. Zumindest konnte sie daran beteiligt sein. Aber was sollte nun mit ihr geschehen? Warum war sie auf einem Schiff? Wieso hatte man sie nicht einfach getötet und irgendwo verscharrt? Fragen über Fragen, auf die sie keine Antwort wusste.

Sie überlegte, ob sie mit Rufen auf sich aufmerksam machen sollte, doch was konnte sie sich davon versprechen? Wer immer sie hier eingesperrt hatte, würde sie jetzt sicher nicht einfach freilassen und zudem befanden sie sich wahrscheinlich irgendwo auf See, und da konnte sie nicht einfach so von Bord gehen. Alles, was sie tun konnte, war, abzuwarten.

Gisela war, mit dem Rücken gegen die Wand gelehnt, wieder eingeschlafen. Als sie erneut erwachte, war es etwas heller, wenngleich auch nicht wesentlich, denn der Raum hatte nur ein paar Lichtschlitze, anstatt eines Fensters. Ein kurzer Rundumblick zeigte ihr, dass sie sich in einem kleinen niedrigen Lagerraum befand, der mit Kisten vollgestopft war. Sie verspürte ein leicht klaustrophobisches Gefühl und die Luft in dem Raum erschien ihr abgestanden und stickig. Zudem war sie durstig. Würde man ihr hier etwas zu essen und zu trinken bringen? Es machte sicher kaum Sinn, sie hier einzusperren und dann verdursten zu lassen. Doch wann kam jemand und was würden sie mit ihr tun?

Alberic, wo bist du?

Selbst wenn ihr Gatte sich die Mühe machen würde, sie zu suchen, so schien es doch unwahrscheinlich zu sein, dass er sie jemals fand. Hoffnungslosigkeit breitete sich in ihrem Herzen aus und Tränen rannen über ihre Wangen, die sie energisch wegwischte. Heulen würde ihr hier nichts nutzen. Wenn sie dies überleben wollte, musste sie lernen, hart zu werden. Was auch immer das Schicksal ihr präsentieren würde, sie würde da durchgehen und sich nicht der Hoffnungslosigkeit hingeben. Denn würde sie das tun, dann wäre sie bereits tot. Eine lebende Tote.

Sich nähernde Schritte rissen sie aus ihren Überlegungen. Die Tür wurde geöffnet und ein bärtiger Mann erschien mit einem Krug und einem Stück Brot. Nie war Gisela glücklicher gewesen, einen Menschen zu sehen, auch wenn dieser Kerl kaum ein hübscher Anblick war.

Wortlos stellte der Mann ihr die karge Mahlzeit auf den Boden.

„Hast du den Eimer benutzt?“, wollte der Mann wissen.

Sie schaute auf den Eimer, auf den er deutete, und verstand, dass dieser anscheinend für ihre Notdurft gedacht war. Sie schüttelte den Kopf. Der Kerl nickte nur und schlug ihr die Tür vor der Nase zu.

Gisela unterdrückte ein Schluchzen und fuhr sich energisch über die zerzausten Haare. Sie hatte sich versprochen, sich nicht unterkriegen zu lassen, und nun fing sie beinahe schon an, zu heulen, nur weil niemand nett zu ihr war.

Du bist zu verwöhnt, schalt sie sich selbst.

Ihr Durst meldete sich zurück und sie ergriff den Krug, um gierig daraus zu trinken. Das Wasser schmeckte leicht faulig, doch sie war so ausgetrocknet, dass sie nicht einmal das störte. Nachdem sie ihren Durst gestillt hatte, nahm sie das Stück Brot und begann, darauf herumzuknabbern. Ihre Gedanken begannen abzuschweifen und sie dachte an Alberic, an ihre Liebesnächte. Dann jedoch drängten sich andere, unwillkommene Bilder dazwischen. Alberic mit Fara, zu seinen Füßen kniend, seine Erregung, der schuldbewusste Blick und der stümperhafte Versuch einer Erklärung. Als ob sie *dafür* eine Erklärung bräuchte. Da waren sie wieder, die verdammten Tränen, und diesmal war sie nicht in der Lage, sie aufzuhalten.

Kapitel 6

Alberic hämmerte gegen die Tür. Er war versucht, die verdammte Tür einzutreten, doch der Respekt gegenüber der alten Mina hielt ihn davon ab. Ungeduldig wartete er darauf, dass die alte Frau ihm endlich öffnen würde.

Als die Tür schließlich aufging, ballte er die Hände zu Fäusten. Fara konnte froh sein, dass er keine Frauen tötete, denn er hatte gute Lust, dem verräterischen Weib den Hals umzudrehen.

„Guten Tag, Herr. Was kann ich für dich tun?“, grüßte die alte Mina ihn respektvoll.

„Wo ist sie?“, fragte er geradeheraus.

„Wer? Fara?“

Er nickte.

„Sie ist hier. Komm herein. Doch keine Gewalt in meinem Haus.“

„Ich will nur mit ihr reden“, knurrte er.

Die alte Mina nickte und trat beiseite, um ihn hereinzulassen. Fara saß in der Ecke des dämmrigen Raumes, der den einzigen Raum der ärmlichen Hütte darstellte und somit Wohn- und Schlafraum zugleich war. Sie blickte ihn ängstlich an. Mit wenigen Schritten hatte Alberic den Raum durchquert und sich vor seiner ehemaligen

Geliebten aufgebaut.

„Was hast du mit ihr gemacht?“, wollte er wissen.

„Ich weiß nicht, was du meinst“, sagte sie. „Ich habe die Burg verlassen, nachdem du mich auf die Straße gesetzt hast. Ich hatte nirgendwo zu gehen, und so kam ich hierher, doch Mina kann sich nicht leisten, eine Person unentgeltlich durchzufüttern. Sie sprach bei deinem Vater vor und er versicherte, er werde für meinen Unterhalt aufkommen, bis ich eine neue Anstellung gefunden habe. Immerhin habe ich dir jahrelang treu gedient.“

Sie hatte sich aufgerichtet, während sie sprach, und ihr Kinn trotzig erhoben. Ihre schönen grünen Augen blitzten.

„Ich habe nicht sehr viel Geduld“, sagte Alberic leise. „Ich will jetzt kein Wort mehr hören, das nicht mit meiner Frage zu tun hat. Also noch einmal: Wo – ist – sie?“

„Das weiß ich nicht!“, schrie Fara ihn an.

Alberic verlor die Geduld und ergriff sie bei den Haaren.

„Ahhh!“, schrie Fara mit schmerzverzerrtem Gesicht.

„Ich glaube dir nicht“, zischte er ihr ins Ohr. „Ich will wissen, was du getan hast, und zwar *alles*!“

„Ich hab nichts getan. Wirklich. Au! Es war Genovefa, die alles eingefädelt hat. Sie und ihr Gatte.“

„Warum? Und woher weißt du davon? Was hast *du* damit zu tun?“

Er riss brutal an ihren Haaren und zwang sie, ihn anzusehen. Tränen liefen jetzt über ihre Wangen, doch er empfand kein Mitleid mit ihr. Sie wusste, was mit Gisela passiert war, und hatte irgendetwas damit zu tun. Seine süße Gattin war vielleicht schon tot und dieses Weib trug zumindest eine Mitschuld an dem Ganzen. Er könnte ihr das Genick brechen, so wütend war er.

Fara wimmerte.

„Als ... als du mich rausgeworfen hast, bin ich ... au ... bin ich zu deiner Schwester und hab ihr alles erzählt. Sie sagte, ich solle mir keine Sorgen machen, sie werde dafür sorgen, dass deine Gattin für immer verschwindet. Und wenn ein wenig Zeit vergangen sei, dann würdest du mich sicher wieder in deinen Dienst nehmen."

„Ich würde dich nie wieder anfassen. Du bist tot für mich. Du hast alles zerstört, was mir wichtig war. Und ich schwöre dir, wenn Gisela auch nur ein Haar gekrümmt wurde, dann schneide ich dir deine Kehle durch. Ich werde jetzt mit meiner verräterischen Schwester reden und du betest lieber zu Gott, dass sie mir etwas sagen kann, was mich zu meiner Gemahlin führt. Denn wenn ich sie nicht wiederbekomme, werde ich wiederkommen zu dir. Und falls du fliehen solltest, werde ich dich verfolgen. Es wird keinen sicheren Ort für dich geben. Ich finde dich und dann wirst du zahlen für alles, was du angerichtet hast."

Mit diesen Worten ließ er sie ruckartig los und verließ die Hütte. Mit einem Satz war er auf dem Rücken seines Pferdes und trieb es gnadenlos an. Er würde jetzt ein Wörtchen mit seiner Schwester und ihrem Gatten reden. Er brauchte nicht zu fragen, warum sie es getan hatten. Das war ihm auch so klar. Das Erbe. Hätte er sich weiterhin von seiner Gattin ferngehalten, wären sie die Herren von Trugstein geworden. Doch nachdem er sich endlich seiner kleinen Gemahlin zugewandt hatte, war der Traum seiner ehrgeizigen Schwester geplatzt. Früher oder später hätte Gisela ihm einen Erben geschenkt und damit wäre endgültig alles aus gewesen für Genovefa.

„Genovefa!", brüllte Alberic, kaum dass er die Halle betreten hatte.

Die Männer, die vor ihrem Ale saßen, blickten erstaunt auf. Auch Genovefas Gatte Norbert saß mit am Tisch. Alberic sah sofort die Angst in den Augen des Mannes aufblitzen.

Er weiß, dass ich es weiß, dachte Alberic grimmig.

Mit schnellen Schritten ging er auf den Tisch zu und starrte Norbert aus eiskalten Augen an.

„Wo ist dein Weib?", knurrte er finster.

„Ich ... ich weiß es nicht", stammelte Norbert verunsichert. „Vielleicht in ihrem Gemach?"

„Du weißt, warum ich hier bin?", fragte Alberic schneidend.

Norbert schüttelte hektisch den Kopf.

„Nnnein. Ich ... ich weiß nicht."

„Lüg – mich – nicht – an!"

„Wwirk-lich. Ich ha-hab keine Ah-ahnung."

„Odo! Dudon! Holt mir Frau Genovefa hierher. Wenn sie sich widersetzt, wendet Gewalt an. Sie hat keine Rechte mehr in diesem Haus. Sie steht unter Mordverdacht! Verstanden?"

Die beiden Männer nickten und sprangen vom Tisch auf, um den Befehl auszuführen.

Norbert war sichtbar bleich geworden. Alberic schnaubte verächtlich, als er die Angst in den Augen des Mannes sah. Norbert war ein Schwächling. Eine Schande für das männliche Geschlecht. Er würde seinem Weib nicht beistehen, so viel war klar. Der Hurensohn dachte nur an seine eigene Haut.

Wenig später hörte er seine Schwester kreischen. Anscheinend kam sie nicht freiwillig mit. Als sie am Kopf der Treppe erschien und von Odo und Dudon die Treppe heruntergeschleift wurde, erhob sich Norbert und wollte fliehen, doch Alberic packte ihn am Genick und zwang ihn, sich wieder hinzusetzen. Genovefas Wange war geschwollen und ihre Lippe war aufgeplatzt. Er hatte nicht erwartet, dass sie friedlich mit seinen Männern mitgehen würde. Wenn sie nichts mit Giselas Verschwinden zu tun hätte, dann hätte sie keinen Grund gehabt, nicht mit seinen Männern mitzugehen. Dass sie sich anscheinend geweigert hatte, bestätigte ihre Schuld. Auch wenn Alberic sich ohnehin sicher gewesen war.

„Bring sie hierher!“, ordnete Alberic an.

„Was geht hier vor?“, erklang die aufgeregte Stimme seines Vaters.

Mit einiger Mühe schaffte es der alte Graf die Treppen herunter und einer der Männer eilte ihm zu Hilfe, um ihn durch den Saal zum Tisch zu führen.

„Das wirst du gleich sehen, Vater“, sagte Alberic mit tödlich ruhiger Stimme.

Genovefa wurde auf einen Stuhl niedergedrückt, während ihre beiden Begleiter sich hinter ihr aufstellten, jeder eine Hand auf ihrer Schulter, um sie an Ort und Stelle zu halten. Genovefas Blick glitt Hilfe suchend zu ihrem Mann, doch der wandte den Blick ab.

„Setzen wir uns doch alle zusammen ... wie eine große, glückliche Familie“, sagte Alberic mit überspitzter Freundlichkeit. „Aber halt! Da fehlt doch wer. Meine Gattin. Ich frage mich, wo sie sein könnte."

„Bist du verrückt geworden?", fragte sein Vater, nachdem man ihm geholfen hatte, Platz zu nehmen.

Alberic schüttelte den Kopf.

„O nein, Vater. Ich bin ganz und gar nicht verrückt", entgegnete er ernst. „Ich habe mich vorhin mit Fara unterhalten und dabei eine überraschende Neuigkeit bezüglich des Verschwindens meiner Gemahlin erfahren." Er blickte erst Norbert, dann Genovefa an. „Oder sollte ich sagen, dass es gar nicht so überraschend kommt?"

„Sprich nicht in Rätseln, Sohn", forderte der alte Graf. „Was wird hier gespielt und warum wird deine Schwester so behandelt, noch dazu so kurz vor der Entbindung."

„Die Tatsache, dass sie in Umständen ist, ist das Einzige, was ihr den Hals rettet, sollten sich meine Informationen bestätigen", knurrte Alberic. Er sah seine Schwester an. „Wo ist Gisela?"

„Woher soll ich ...", begann Genovefa, stockte jedoch im Sprechen, als sich die Hand ihres Bruders um ihre Kehle legte.

„Alberic!", rief sein Vater streng. „Was auch immer hier los ist, bedenke, was du tust. Sie ist deine Schwester!"

„Ich werde ihr nichts antun, doch sie ist nicht mehr meine Schwester", antwortete Alberic mit hasserfüllter Stimme, ließ aber von seiner Schwester ab.

Genovefa fasste sich an die Kehle.

„Warum tust du das?", wimmerte sie.

„Spiel mir nicht die Unschuldige", sagte Alberic

scharf. „Ich frage dich noch einmal und ich will keine Ausreden und Lügen mehr hören. Jede Minute, die verstreicht, ohne dass ich eine Antwort habe, macht mich wütender und wer weiß, vielleicht *vergesse* ich mich am Ende doch noch.“ Die Drohung in seiner Stimme war unmissverständlich. „Also, wo ist meine Gattin?“

„Es ist die Wahrheit, dass ich es nicht weiß“, sagte seine Schwester trotzig. Dann umspielte ein Lächeln ihre Lippen und Alberic musste sich zusammennehmen, es ihr nicht vom Gesicht zu schlagen „Irgendwo auf einem Schiff“, fuhr Genovefa fort. „Sie soll an die Wikinger verkauft werden.“

Erleichterung und Wut kämpften in Alberics Innerem um die Vorherrschaft. Erleichterung, dass sie nicht tot war, dass er endlich dem Rätsel ein Stück weit näher gekommen war, und Wut über die Ungeheuerlichkeit dessen, was seine eigene Schwester ihm und vor allem seiner Gattin angetan hatte. Er hoffte bei Gott, dass es ihr einigermaßen gut ging. Der Gedanke, jemand könnte ihr ein Leid antun, sie vielleicht schänden ... Er musste die Augen schließen, um seine Wut unter Kontrolle zu bekommen, denn der Gedanke, ein anderer Mann könne Hand an seine kleine Gisela legen, ließ eine Berserkerwut in ihm hochkochen.

„Was hast du getan, Kind?“, fragte der alte Graf bestürzt.

„Sie ist schuld, dass die arme Fara auf die Straße ...“, begann Genovefa.

„Als ob dich das Schicksal einer einfachen Magd interessieren würde“, unterbrach Alberic sie wütend. „Also rede! Was genau haben du und dein missratender Gatte mit meinem Weib getan?“

„Ich hab damit nichts zu tun!“, wehrte Norbert ab.

„Natürlich hast du!“, schrie seine Frau aufgebracht. „Es war deine Idee, sie an diese Händler zu geben. Du hast gesagt, man würde nie wieder etwas von dieser Schlampe hören oder sehen. Die Wikinger werden sie so lange vergewaltigen, bis ...“

Mit einem Brüllen war Alberic über den Tisch hinweggesprungen und riss seine Schwester an den Haaren aus ihrem Stuhl. Sie schrie und ein Tumult entstand. Sein Vater brüllte Befehle und die Männer versuchten, Alberic davon abzuhalten, seine Schwester zu töten. Alberic war außer sich. Er sah nur noch rot und im Moment war es ihm egal, dass Genovefa eine Frau oder seine Schwester war, auch dass sie ein Kind unter dem Herzen trug. Alles, was er vor Augen hatte, war eine Horde wilder Wikinger, die sich über sein zartes Weib hermachten. Norbert hatte versucht, in dem Gedränge zu fliehen, und war von zwei Männern aufgehalten worden. Vier Männer waren nötig, Alberic halbwegs unter Kontrolle zu bekommen und ihn dazu zu bringen, sich zu setzen.

„Alberic! Du wirst dich wieder unter Kontrolle bringen“, verlangte der alte Graf mit erstaunlich fester Stimme. „Und zu dir, Genovefa. Ich will jetzt alle Einzelheiten wissen, die uns helfen, die Gattin deines Bruders zu finden. Danach wirst du auf dein Zimmer verbannt. Nach deiner Niederkunft werde ich entscheiden, was weiter mit dir zu geschehen hat. Was deinen Gatten anbelangt ...“ Der Graf schaute zu Norbert hinüber, der nun von zwei Männern am Arm festgehalten wurde. „Du, mein lieber Schwiegersohn, wirst dich wegen deiner Vergehen noch in den nächsten Tagen zu verantworten haben. Ich werde umgehend einen Boten zum König senden."

***

Gisela hatte keine Ahnung, wie lange sie schon unterwegs waren, da sie die meiste Zeit verschlief oder vor sich hin grübelte und der Zeit keine Aufmerksamkeit schenkte. Hin und wieder kam jemand, um ihr zu essen und zu trinken zu bringen und den Eimer für ihre Notdurft auszuleeren. Sie fühlte sich schmutzig und schwach. Doch sie war entschlossen, alles zu überleben, was auch immer da kommen möge. Wenn sie es irgendwie schaffen konnte, dann würde sie versuchen, zu fliehen und einen Weg nach Hause zu finden. Zu ihrem Bruder. Denn Alberic zu sehen und zu wissen, was er mit Fara trieb, tat zu weh. Sie hatte sich mittlerweile eingestanden, dass sie ihren Gatten liebte. Wie sonst konnte es sein, dass sein Verrat sie so sehr verletzt hatte und dass sie ihn trotz allem vermisste?

An Deck entstand plötzlich eine Unruhe, die sie aus ihrer Starre riss, und sie hob den Kopf, um zu lauschen. Was ging da vor? Ein Rucken ging durch das Schiff und schleifende Geräusche waren zu hören, als ob sie irgendwo aufgelaufen wären. Nach einer Weile, die ihr wie eine Ewigkeit vorkam, wurde die Tür zu ihrem Verschlag geöffnet und ein Mann zerrte sie heraus, während andere Männer sich daran machten, die Kisten aus dem Lagerraum zu holen und von Bord zu tragen. Der Mann, der Gisela gepackt hatte, brachte sie an Land, wo eine große Menschenansammlung die Ankömmlinge begaffte. Es waren zumeist Männer, große Männer mit blonden Bärten.

Wikinger, schoss es ihr durch den Kopf. *Was wollen wir denn hier?*

Ihr Blick ging hektisch hin und her. Die Männer von dem Schiff, auf dem sie gekommen war, schienen mit den Wikingern über die Kisten zu verhandeln. Ihr Blick fiel auf einen großen Wikinger mittleren Alters. Er stand etwas abseits und starrte sie an. Gisela hatte das Gefühl, dass er ihr bekannt vorkam, doch das war wohl kein Wunder. Diese blonden Barbaren glichen sich untereinander sehr.

Der Mann, der sie festhielt, schien mit ein paar Männern zu verhandeln und Gisela bekam das ungute Gefühl nicht los, dass es dabei um sie ging. Mit klopfendem Herzen schaute sie zwischen den Männern und dem Hünen, der sie beobachtete, hin und her. Dann trat der Hüne näher, und seine polternde Stimme ließ die Männer in ihrem Verkaufsgespräch verstummen. Nach und nach verzogen sich die Männer und der Hüne gab ihrem Begleiter einen kleinen Sack mit Münzen. Der Mann öffnete den Sack, um den Inhalt zu prüfen. Anscheinend zufrieden, nickte er und ließ Gisela los. Zwischen Angst und Dankbarkeit schwankend, schaute Gisela zu dem Hünen auf. Der nickte ihr zu und bedeutete ihr, mit ihm zu gehen. Da Gisela keinen Sinn darin sah, eine Flucht zu versuchen, folgte sie seiner riesigen Gestalt. Sie gingen einen geschlungenen Pfad entlang, der zwischen einigen Häusern hindurch verlief, und nachdem sie zweimal abgebogen waren, betraten sie ein Langhaus am Rande der Siedlung.

Gisela schaute sich in dem Raum um. Ein paar Männer saßen um einen Tisch herum und zwei Frauen waren damit beschäftigt, zu kochen. Der Hüne begrüßte alle mit einem Nicken und verschwand in einer Kammer. Er ließ die Tür offen. Anscheinend erwartete er, dass sie ihm in die Kammer folgte. Das Herz sank ihr. Würde er sie jetzt vergewaltigen? Wenn sie ihm klarmachte, dass sie nicht wollte, würde er ihr Gewalt antun?

„Komm herein, Mädchen“, erklang seine polternde Stimme in ihrer Sprache. „Nun mach schon. Ich tu dir nichts!“

Zögernd betrat Gisela die Kammer. Der Hüne saß auf einem Bett und schaute sie an. Am liebsten wäre sie wieder geflohen, doch sie war sich sicher, dass sie nicht weit kommen würde. Sie ermahnte sich an ihr Versprechen, sich nicht der Hoffnungslosigkeit hinzugeben, und sie straffte ihre Schultern.

„So ist’s recht, Mädchen. Ich tu dir nichts. Mach die Tür zu, ja?“

Sie wandte sich um und tat, wie er ihr geheißen hatte. Dann drehte sie sich zu ihm um und schaute ihn abwartend an.

„Wie heißt du?“, wollte er wissen.

„Gi-gisela. Gisela von Trugstein.“

„Hm. Ich bin Erik. So, wo wir uns nun vorgestellt haben, wie kommt es, dass du auf dem Schiff dieser Halsabschneider gelandet bist?“

„Ich ... ich wurde entführt.“

„Hm.“

„Wo bin ich hier?“, wagte Gisela zu fragen.

„Ostanglien. Ich bin selbst nur auf der Durchreise. Ich wollte nächste Woche zurück nach Hause fahren.“ Er schaute sie an. „Du hast einen Gatten?“

Sie nickte.

„Hm. Keine Angst, ich habe so oder so nicht vor, mich dir zu nähern. Ich sah dich und du erinnertest mich an meine eigene Tochter. Nicht äußerlich natürlich. Aber ich dachte mir, dass irgendwo ein Vater bestimmt sehr in Sorge um sein Mädchen sein würde, und das erinnerte mich an meine eigenen Sorgen, als meine Tochter verschwand."

„Sie wurde auch entführt?"

Er schüttelte den Kopf und lachte.

„Nein! Mein Mädchen ist ein Wildfang. Sie zog aus, um Beute zu machen, und geriet prompt in Gefangenschaft."

Giselas Herz fing an zu rasen.

„Wie heißt sie?", fragte sie flüsternd.

„Ylfa. Das ist mein Mädchen. Sie ist jetzt mit so einem Grafen von deinen Leuten verheiratet."

„Fulk", flüsterte sie.

Er schaute sie an.

„Ja, richtig. Woher ...?"

„Er ist mein Bruder."

„Ja, richtig. Fulk hatte eine kleine Schwester. Zu wem soll ich dich nun zurückbringen? Zu deinem Gatten oder zu deinem Bruder?"

Gisela dachte an den Verrat ihres Gemahls und sagte ohne weitere Überlegungen: „Zu meinem Bruder!"

***

Alberic ritt mit unvermindertem Tempo auf das Tor der Festung zu. Gerade rechtzeitig schafften es die Männer am Tor, zu öffnen, und Alberic preschte in den Hof, wo er sein Pferd jäh zügelte, dass es mit den Hinterbeinen durch den Schlamm rutschte.

Fulk, der gerade aus einem der Nebengebäude kam, eilte auf ihn zu.

„Was ist los? Ist etwas mit meiner Schwester?“

„Sie ist weg!“, knurrte Alberic. „Entführt. Ich brauche dich und dein Schiff.“

Fulk stieß einen Fluch aus, dann klopfte er Alberic auf die Schulter.

„Lass uns ein Ale zusammen trinken und du erzählst mir alles.“

Alberic übergab sein Pferd an einen Knecht und folgte seinem Schwager in die Halle, wo Fulk zwei Ale bei einer Magd bestellte. Dann setzten sie sich.

„Erzähl!“, forderte er.

Alberic erzählte Fulk alles, was er wusste. Je mehr er erzählte, desto grimmiger wurde die Miene seines Schwagers.

„Ich bin froh, dass du deine Schwester nicht getötet hast, denn es hätte dein Gewissen später belastet, doch ich verstehe dich. Wenn ich sie jetzt in die Finger kriegen würde, ich könnte für nichts garantieren.“

„Wenn jemand Gisela auch nur ein Haar gekrümmt hat, dann gnade ihm Gott“, knurrte Alberic finster.

„Ich bin dabei“, gab Fulk zurück. Er blickte Alberic prüfend an. „Was empfindest du für meine Schwester?“, fragte er gerade heraus.

Alberic begegnete ruhig dem prüfenden Blick seines Schwagers.

„Ich liebe sie.“

Fulk nickte.

„Wir holen sie zurück.“

„Wen holt ihr zurück?“, erklang eine weibliche

Stimme.

Alberic und Fulk drehten sich zur Treppe um, wo Ylfa mit einem Kind auf dem Arm die Treppe herunterkam. Eine Magd hinter ihr trug das zweite Kind.

„Gisela“, erwiderte Fulk. „Sie wurde entführt.“

„Was?“, rief Ylfa entsetzt. „Wer? Wieso? Und wohin?“

„Wir wissen, dass es Händler waren, die sie an die Wikinger verkaufen wollen“, erklärte Alberic. „Das Ganze ist ein Komplott meiner Schwester und ihres Gatten. Wir haben keine Ahnung, wohin das Schiff genau gefahren ist.“

Ylfa hatte sich neben ihren Gatten gesetzt und er nahm das zweite Kind von der Magd entgegen.

„Das ist ja furchtbar“, flüsterte Ylfa entsetzt. „Wir ... wir müssen sofort hinterher und sie befreien.“

„Alberic und ich werden sofort aufbrechen, doch du bleibst zu Hause“, sagte Fulk entschieden.

„Den Teufel werde ich!“, fuhr Ylfa wütend auf. „Ich kenne die Wikinger besser und kann euch helfen, sie zu finden. Wie wolltet ihr das ohne Kenntnisse meiner Sprache bewerkstelligen?“

„Wir nehmen Leif mit uns.“

„Ich komme trotzdem mit!“

„Nein!“

„Doch!“

„Du musst bei den Kindern bleiben. Sie brauchen dich.“

„Die Amme hat genug Milch, um sie zu füttern. Und ich kann diplomatischer verhandeln als Leif.“

„Ich sagte Nein und ich meine Nein!“, sagte Fulk und schaute sein Weib drohend an.

„Das werden wir ja sehen!“, drohte Ylfa

entschlossen.

„Nun gut, du lässt mir keine andere Wahl“, sagte Fulk. Er gab seinen Sohn an die Magd und nahm das andere Kind aus Ylfas Arm, reichte es an den verdutzten Alberic weiter. Dann schnappte er sich Ylfa und nach einem kurzen, aber heftigen Handgemenge hatte er sich sein Weib über die Schulter geworfen und trug die schreiende Ylfa nach oben.

Alberic starrte entsetzt auf das Kind hinab, das auf seinem Schoß saß und ihn anstrahlte. Er schluckte. Bisher hatte er die Nähe von kleinen Kindern immer gemieden. Sie machten ihn nervös. Sie waren so zerbrechlich und sie fingen immer ohne scheinbaren Grund an, zu brüllen, oder übergaben sich.

Er räusperte sich.

„Hallo du“, sagte er vorsichtig und versuchte ein möglichst harmloses Lächeln. Prompt verzog das Kind den Mund und wollte anfangen zu weinen.

„O nein!“, brummte er und starrte stirnrunzelnd auf das Kind. Das schien es sich plötzlich anders überlegt zu haben und anstatt zu brüllen, griff es nach Alberics Stirnlocke und zog dran.

„Au!“, rief Alberic. „Damit du es gleich weißt! Jungen ziehen nicht an den Haaren, das machen nur Mädchen. Verstanden. Wenn du mir einen auf die Nase hauen willst, kein Problem. Aber keine Haare ziehen oder kratzen. Aus dir soll doch mal ein guter Krieger werden.“

Tatsächlich ließ der Junge los, als ob er ihn verstanden hätte, und Alberic grinste. Vielleicht hatte er doch Talent mit Kindern. Es schien gar nicht so schwierig zu sein. Er wackelte etwas mit den Knien und der Junge gluckste.

„Das gefällt dir, ja? Daran kannst du dich schon mal gewöhnen, damit später mal ein guter Reiter aus dir wird.“

„Die Bestie von Trugstein gibt ein ganz passables Kindermädchen ab“, erklang die spöttische Stimme von Fulk hinter ihm. „Wer hätte das gedacht?“

„Hey!“, sagte Alberic grimmig. „Du hast mir den Hosenscheißer einfach so auf den Schoß gesetzt. Was sollte ich machen?“

Fulk lachte.

„Mein Freund, es ist keine Schande, Kinder zu mögen. Das wird deinem guten Ruf als Bestie von Trugstein schon nicht schaden. Ich sag’s auch nicht weiter.“

Eine zweite Magd kam und nahm Alberic das Kind aus den Armen.

„Was hast du mit deinem Weib gemacht?“, fragte er neugierig.

Fulk grinste.

„Sie an mein Bett gekettet.“

Alberic schaute seinen Schwager verdutzt an. Konnte es sein, dass Fulk auch auf Spielchen stand?

„Sie wird später wieder befreit“, sagte Fulk mit einem Augenzwinkern. „Eine Magd hat den Schlüssel. Sobald wir weg sind, lässt sie mein Weib wieder frei. Wahrscheinlich wird Ylfa mich kastrieren, wenn ich nach Hause komme.“

***

Ylfa riss an der Kette, mit der sie ans Bett gefesselt war. Sie war wütend. Wütend, weil er sie hier ans Bett gefesselt hatte, und aufgebracht, weil er es trotz ihrer Wut wieder einmal geschafft hatte. Egal, wie heiß ihr Zorn schwelte, er schaffte es immer, ihre Glut für etwas ganz anderes anzufachen. Dieser Bastard! Nachdem er sie hier angekettet hatte, da hatte er sie kurz und heftig geliebt und sie einfach hier so zurückgelassen. Wenn sie jetzt ihre Finger an ihn legen könnte, sie würde ihn kastrieren. Nein! Nicht das. Dafür mochte sie Sex mit ihm viel zu sehr. Aber ... Sie überlegte. Dann verzog sich ihr Mund zu einem gemeinen Grinsen. O ja, sie könnte ihm die verdammte Nase brechen. Das würde sie tun. Er sollte sich in Acht nehmen, wenn er wieder nach Hause kam. Man sollte meinen, er hätte mittlerweile gelernt, dass man eine Wikingerin nicht zu sehr reizen durfte.

***

Gisela stand an Deck und starrte in den Nachthimmel. Sie fragte sich, was Alberic jetzt gerade tat. Trieb er es mit Fara? Tat er Dinge mit ihr, die er mit ihr nicht tun wollte? Der Schmerz, der ihr Herz fest im Griff hielt, wollte einfach nicht weniger werden. Sie würde nicht zu ihm zurückkehren. Sollte er doch einen Erben mit seiner Magd zeugen. Sie war fest entschlossen, ihn nie wieder zu sehen. Ihr Entschluss stand fest, sie würde in ein Kloster gehen.

„So traurig“, erklang die raue Stimme von Ylfas Vater hinter ihr. Der Jarl hatte seine Geschäfte eher abgebrochen als geplant und sie waren schon am nächsten Tag losgesegelt. Gisela hatte ihn nicht erzählt, was zwischen ihr und ihrem Gatten vorgefallen war, doch allein die Tatsache, dass sie zu ihrem Bruder anstatt zu ihrem Gemahl gebracht werden wollte, musste ihm einiges deutlich gemacht haben.

„Ich schaue mir nur die Sterne an“, wich sie aus.

Der Jarl legte eine große Hand auf ihre Schulter.

„Was ist der Grund, dass du nicht zu deinem Gatten nach Hause willst? Hat er dir etwas angetan? Hat er dich verkauft, um dich loszuwerden?“

„So ähnlich“, erwiderte sie mit tränenerstickter Stimme.

„Soll ich ihn für dich zur Rechenschaft ziehen, Mädchen?“

„Nein!“, sagte Gisela. Egal, was er ihr angetan hatte, seinen Tod wollte sie nicht. „Ich will nur nicht zu ihm zurück.“

„Hm. Ist gut. Aber jetzt solltest du dich schlafen legen. Ich denke, dass wir kurz nach Sonnenaufgang unser Ziel erreichen werden.“

Kapitel 7

Da sie keine Pferde besaßen, hatte sie den Weg von der Küste bis zur Festung auf einem Ochsenkarren zurücklegen müssen. Der Jarl und vier seiner Männer begleiteten sie zu Fuß. Die restlichen Wikinger waren bei dem Schiff geblieben.

Als die Festung in Sicht kam, wurde Gisela immer aufgeregter. Was ihr Bruder wohl sagen würde zu ihrer Geschichte und zu ihrer Entscheidung, nicht zu ihrem Gatten zurückzukehren? Sie hoffte, dass er Verständnis haben und sie unterstützen würde. Sie war fest davon überzeugt, dass sie nur in einem Kloster zur Ruhe kommen würde. Vielleicht nicht einmal dort. Nur die Zeit konnte das verraten. Im Moment saß der Schmerz noch so tief, dass es sie manchmal fast am Atmen zu hindern schien. Sie hatte so viele Tränen vergossen, dass sie sich jetzt vollkommen leer fühlte. Sie war dankbar, dass der Jarl keine weiteren Fragen gestellt hatte.

Das Tor öffnete sich und ihr Ochsenkarren passierte das Tor als Erstes, die Wikinger folgten ihr nach. Ihre Schwägerin kam die Treppe heruntergerannt und stieß einen Freudenschrei aus, als sie Gisela erblickte. Ehe sie es sich versehen konnte, wurde sie in eine heftige Umarmung gerissen.

„Du lebst! Ich bin vor Sorge fast verrückt geworden. Wo sind Fulk und dein Mann? Kommen sie nach? Geht es ihnen gut?“

Gisela starrte ihre Schwägerin aus weit aufgerissenen Augen an.

„Du wusstest von meiner Entführung?“

„Ja, dein Gatte kam hierher und bat Fulk um seine Unterstützung, dich zu retten. Sind sie denn nicht mit euch?“

Gisela schüttelte den Kopf.

„Oh“, machte Ylfa, dann zuckte sie mit den Schultern und schenkte Gisela ein warmes Lächeln. „Komm erst mal rein und erzähl mir alles.“

Dann fiel Ylfas Blick auf ihren Vater, der grinsend etwas abseitsstand, und sie riss sich von Gisela los, um sich dem Hünen in die ausgebreiteten Arme zu werfen.

„Du hier?“, rief sie lachend und weinend zugleich. „Du hast sie gerettet?“

„Ich konnte doch nicht zulassen, dass deiner kleinen Schwägerin ein Leid geschieht“, meinte der Jarl lachend.

„Kommt alle in die Halle. Es gibt reichlich Ale und was für eure Mägen wird sich auch auftreiben lassen“, rief Ylfa den Wikingern zu.

Die Männer jubelten und lachten, dann schnappte Ylfa sich Gisela und führte sie in die Halle. Sie setzten sich und die Mägde beeilten sich, die Gäste zu bewirten. Als alle versorgt waren, wandte sich Ylfa leise an Gisela.

„Möchtest du mit mir oben reden?“

Gisela nickte. Sie freute sich über ihre Rettung, doch hier in dieser lustigen Männerrunde fühlte sie sich fehl am Platz und es gab so vieles, was ihr auf der Seele drückte. Wenn es jemanden gab, mit dem sie sprechen würde, dann war es Ylfa.

Sie erhoben sich und Gisela folgte ihrer Schwägerin die Treppe hinauf zu ihrem alten Gemach. Ylfa schloss die Tür hinter ihnen und setzte sich auf das Bett, Gisela auffordernd ansehend.

„Sprich", sagte Ylfa. „Was ist passiert, dass du so miserabel aussiehst? Es ist nicht die Entführung. So viel steht fest."

Gisela stockte. Plötzlich war sie sich nicht mehr sicher, ob sie von ihrem Problem mit Alberic erzählen wollte. Was sollte es nutzen? Auch Ylfa würde die Tatsachen nicht ändern können und Giselas Entschluss, in ein Kloster zu gehen, stand ohnehin fest. Dort würde sie Zeit haben, ihre Wunden zu lecken.

„Ja, du hast recht", antwortete sie schließlich tonlos. „Ich ... ich werde in ein Kloster gehen, Ylfa."

„Was?", kreischte Ylfa und sprang vom Bett auf, um Gisela bei den Armen zu packen.

Gisela wagte nicht, ihrer Schwägerin in die Augen zu sehen, so starrte sie auf ihre Füße. Auf der Überfahrt hierher hatte sie sich ihre Entscheidung hin und her überlegt und sie war sich schließlich so sicher gewesen. Doch jetzt, hier vor Ylfa, merkte sie, wie sie wankte. Alles in ihr wollte eine Chance auf Glück. Dieses Glück, welches ihr Bruder mit Ylfa hatte. Doch Gisela konnte nicht damit leben, dass der Mann, den sie liebte, seine Bedürfnisse bei einer anderen Frau stillte. Seine Enthüllung, er würde sie fesseln wollen und Dinge mit ihr anstellen, die kein Mann mit seiner Gattin anstellen sollte, hatte sie erschreckt. Doch sie war willens gewesen, es zu versuchen. Sie wollte diejenige sein, die alle seine Bedürfnisse stillte. Aber er hatte ihr mehr als deutlich gemacht, dass er sie für inadäquat hielt.

„Warum?“, fragte Ylfa bestürzt. „Warum willst du in ein Kloster? Was ist mit deinem Gatten? Ich dachte, es hätte alles gut funktioniert zwischen euch. Ich meine, du hast jede Nacht in seinem Bett verbracht und Fulk und ich dachten ...“

„Das dachte ich auch“, fuhr Gisela auf und riss sich los, um zum Fenster zu gehen und nach draußen zu starren. Sie hörte, wie Ylfa näher kam und dicht hinter ihr stehen blieb.

„Was ist vorgefallen?“, fragte Ylfa leise. „Hat er dir wehgetan? Männer sind manchmal ...“

„Nicht körperlich, wenn es das ist, was du meinst“, antwortete Gisela tonlos.

„Er hat dein Herz gebrochen“, stellte Ylfa mit wütender Stimme fest. „Ich muss mich in ihm getäuscht haben. Ich dachte, er ... Ach! Vergiss es! – Was hat er getan?“

Gisela erzählte Ylfa von ihrem Zusammenstoß mit Fara, Alberics Weigerung, sie aus ihrem Dienst zu entlassen, und wie sie in mit Fara zusammen erwischt hatte. Die ganze Zeit lief sie dabei im Raum auf und ab. Ylfa hatte sich wieder auf das Bett gesetzt und starrte sie ungläubig an, während Gisela ihre Geschichte erzählte.

„Bei allen Göttern“, sagte die Wikingerin, als Gisela geendet hatte. „Dieser Bastard. Das hätte ich ihm nie zugetraut. Dabei hatte er so besorgt um dich gewirkt, als er hierhergekommen war, um Fulk um Hilfe zu bitten.“

„Sein Vater wird ihm das Erbe entziehen, wenn er keinen Erben zeugt“, erklärte Gisela bitter. „Er braucht mich. Doch das bedeutet nicht, dass er irgendetwas für mich empfindet. Sein Begehren kann ich ihm abnehmen, aber was heißt das schon bei einem Mann? Wenn er wirklich etwas für mich empfinden würde, hätte er dieses Weib vom Hof gejagt. Aber was tut er stattdessen? Kaum, dass ich ihm berichtet habe, was sie zu mir gesagt hatte, rennt er zu ihr, um es mit ihr zu ... Verdammt!"

Ylfa schaute ihre Schwägerin verdutzt an.

„Es muss wirklich arg sein, wenn du so ein Wort in den Mund nimmst", sagte sie und schaute Gisela mitfühlend an. „Ich wünschte, ich könnte dir helfen. Wenn der sich wieder hier blicken lässt, werde ich ihm meine Meinung sagen, das kannst du mir glauben."

„Nein!", sagte Gisela. „Ich will nicht, dass du ihm verrätst, dass du davon weißt. Und ich will, dass du ihm nicht sagst, wo ich bin."

„Du musst nicht in ein Kloster", sagte Ylfa. „Du kannst hierbleiben."

„Nein, das kann ich nicht. Er würde kommen und mich holen, ob ich es will oder nicht. Und mach dir keine falschen Illusionen wegen Fulk. Er wird Alberic nicht im Weg stehen. Ich liebe meinen Bruder und ich weiß, dass er mich liebt. Doch er würde sich nicht in meine Ehe einmischen."

„Da könntest du leider recht haben", stimmte Ylfa widerwillig zu. „Männer! Pah! Ich selbst habe auch ein oder zwei Hühnchen mit meinem Gatten zu rupfen. Er kettete mich ans Bett, um mich davon abzuhalten, ihn auf der Suche nach dir zu begleiten."

„Ich bin froh, dass er das getan hat", sagte Gisela. „Versteh mich nicht falsch. Ich bin nur froh, dass du jetzt hier bist für mich." Sie begann, zu schluchzen, und Ylfa sprang auf, um sie in die Arme zu nehmen.

***

„Ich kann nicht glauben, dass es keine Spur von ihr gibt“, sagte Alberic und schlug wütend und enttäuscht gegen den Mast.

„Ylfa wird sich langsam Sorgen machen“, sagte Fulk. „Wir sind seit fast drei Monaten unterwegs. Es wird bald Winter. Ich sag es nicht gern, doch wir müssen zurückkehren.“

„Und Gisela im Stich lassen?“, rief Alberic außer sich. „Sie ist deine Schwester.“

„Das weiß ich sehr gut“, knurrte Fulk zwischen zusammengebissenen Zähnen. „Denkst du, mir würde die Entscheidung leichtfallen? Ich liebe meine Schwester. Aber ich habe auch an meine Familie zu denken. Es wird bald kälter und die See ist kein guter Ort um diese Jahreszeit. Du weißt das so gut wie ich.“

„Ich kann sie nicht aufgeben“, flüsterte Alberic. „Leg im nächsten Hafen an und ich besorg mir ein Schiff.“

„Du wirst niemanden finden, der dich um diese Jahreszeit noch fährt. Sei doch vernünftig. Wir werden uns gleich im Frühjahr wieder auf die Suche machen.“

Alberic wusste, dass sein Schwager recht hatte, doch das machte es nicht besser. Im Gegenteil. Es machte ihn unglaublich wütend. Das verdammte Wetter war gegen ihn und es war bereits so viel Zeit verstrichen. Sicher lebte sie längst nicht mehr oder war so gebrochen, dass sie sich nie wieder erholen würde. Ohne dass es ihm bewusst war, liefen ihm

Tränen über die Wangen. Er spürte Fulks Hand auf seiner Schulter.

„Es ist alles meine Schuld“, sagte er gequält.

„Nein, das ist es nicht“, erwiderte Fulk

„Doch!“, beharrte Alberic. „Es gibt etwas, was ich dir nicht erzählt habe.“

Fulk starrte ihn an.

„Sag nicht, dass du etwas damit zu tun hattest“, sagte Fulk gefährlich ruhig.

Alberic schüttelte den Kopf.

„Ich habe sie nicht entführen lassen, wenn du das meinst“, sagte er. „Es ist viel schlimmer.“

Er erzählte seinem Schwager alles. Von seiner Neigung, von Fara und wie Gisela ihn gebeten hatte, seine ehemalige Geliebte zu entfernen, und wie sie ihn wenig später in einer Situation erwischt hatte, die für sie wie Verrat ausgesehen haben musste. Er erzählte, wie er feige davongeritten war, anstatt sich seiner Gattin zu stellen.

Fulk hatte alles angehört, ohne zu unterbrechen. Als Alberic geendet hatte, stieß er einen langen Seufzer aus.

„Ich verstehe, dass du dich selbst verdammst und dir die Schuld gibst, doch obwohl ich nicht alle deine Taten gutheißen kann, so liegst du dennoch falsch. Deine Schwester hätte auch so einen Weg gefunden, Gisela aus dem Weg zu schaffen. Du wusstest nicht, dass Genovefa etwas plant, also hättest du es auch nicht verhindern können.“

„Das kannst du nicht wissen.“

„Nein, ich kann es nicht wissen, doch es ist die logische Schlussfolgerung.“

„Fulk. Ich ... ich bin deiner Schwester nicht würdig“, sagte Alberic verzweifelt. „Wenn ich sie wiederfinde, dann soll sie entscheiden, ob sie mich noch will. Ich werde sie nicht zwingen, mit einem feigen Bastard zu leben, der nicht genug Courage hatte, vor ihr auf die Knie zu fallen und sie um Verzeihung zu bitten."

„Sie wird dich wollen", sagte Fulk nach einer Weile. „Sie liebt dich. Du musst ihr nur erklären, was damals wirklich geschehen ist, und du musst sie um Verzeihung bitten. Meine Schwester ist eine sehr vergebende Person."

Kapitel 8

„Was soll das heißen: Sie ist nicht mehr da?“, bellte Fulk außer sich. „Wo ist sie?“

Alberic rannte in der Halle auf und ab und schwankte zwischen Euphorie, weil sein Weib lebte, und Zorn, weil dieses Wikingerweib nicht preisgeben wollte, wo Gisela sich aufhielt.

„Ist sie nach Trugstein gereist?“, wollte er wissen.

Ylfa warf ihm einen hasserfüllten Blick zu und er fragte sich, was sein Weib ihrer Schwägerin alles erzählt hatte, dass er diesen Blick verdiente.

„Du meinst, ich lass sie in die Höhle der Bestie zurück?“, fragte Ylfa schneidend.

„Achte auf deine Worte“, fuhr Fulk drohend dazwischen. „Ich weiß nicht, was mit dir los ist und was hier überhaupt vor sich geht, doch ich verlange, dass du sofort sagst, wohin Gisela gereist ist!“

„Und ich sage dir gar nichts! Es geht ihr körperlich gut.“ Ylfa wandte ihren Blick Alberic zu und fuhr mit eisiger Stimme fort: „Was man allerdings *nicht* von ihrer seelischen Verfassung behaupten kann. Sie ist jetzt an einem Ort, wo sie heilen kann. Ohne dass irgendein *Hornochse* von einem Mann sie weiterhin kaputt macht. Akzeptiert das! Sie hat nicht verdient, was ihr angetan wurde, und sie hatte jedes Recht darauf, sich zu entscheiden, wie sie es getan hat. *Das* ist alles, was ich dazu zu sagen habe!“

„Bitte“, versuchte es Alberic diesmal auf die ruhige Tour. „Ich muss mit ihr reden. Es gab ein paar furchtbare Missverständnisse zwischen uns.“

„*Missverständnisse*?“, schnaubte Ylfa verächtlich. „Du widerst mich an!“ Mit diesen Worten drehte sie sich um und wollte gehen, doch Fulk hielt sie am Arm zurück. Zischend fuhr sie zu ihrem Gatten herum.

„Du wirst dich sofort für dein Benehmen entschuldigen“, verlangte Fulk mit tödlich ruhiger Stimme.

„Zum Teufel mit euch Männern!“, fauchte Ylfa und wollte sich aus Fulks Griff winden, doch er hielt sie fest. „Lass – mich – los!“

„Wer hat Gisela begleitet?“, fragte Fulk. „Sag mir zumindest das!“

Ylfa lachte freudlos.

„Hältst du mich für so blöd? Damit du sie fragen kannst, wohin sie sie gebracht haben?“

„Ich finde es auch so heraus. Ich werde alle Männer befragen. Sie werden reden.“

„Du wirst keinen Erfolg haben damit. Ich habe zwei Mann mit ihr geschickt und ihnen genug Gold gegeben, dass sie danach nicht mehr zurückkehren. Wenn ich nicht genau wüsste, dass du dem da ...“ Sie blickte hasserfüllt zu Alberic. „... helfen würdest, Gisela mit sich zu nehmen, dann hätte ich es dir erzählt, weil sie deine Schwester ist und weil ich kein Geheimnis vor dir haben will. Doch wenn ich es dir sage, dann wirst du zulassen, dass dieser Hurensohn deine Schwester zu sich zurückholt und sie endgültig zerbricht."

„Es ist nicht alles so, wie es scheint", sagte Fulk versöhnlich. „Gib ihm eine Chance, zu erklären, was wirklich vorgefallen ist."

Ylfa musterte Alberic verächtlich.

„Es gibt nichts zu erklären", sagte sie. „Aber gut! Lass ihn reden."

Alberic setzte sich auf einen Stuhl. Seine Stimme zitterte, so aufgewühlt war er, als er begann, seine Version der Geschichte zu erzählen.

„Ist das alles?", fragte Ylfa kalt.

Alberic nickte.

„Ja, das ist alles", erwiderte er niedergeschlagen.

„Nun?", fragte Fulk und schaute Ylfa erwartungsvoll an.

„Ich glaube ihm kein Wort", knurrte sie.

Alberic und Fulk starrten sie entgeistert an.

„Du gibst also zu, dass du nicht vorhattest, diese Fara von der Burg zu werfen, obwohl sie Gisela gedemütigt und sich deinem Weib, der zukünftigen Herrin deiner Burg, gegenüber respektlos verhalten hat?"

„Ich gebe zu, dass es eine Fehlentscheidung war", sagte Alberic. „Doch ich fühlte mich für sie verantwortlich. Sie hat keine Familie, die sich um sie kümmern kann. Ich wollte zumindest *versuchen*, die Wogen zu glätten und ihr die Möglichkeit geben, sich den neuen Umständen anzupassen."

„Wogen glätten!" Ylfa lachte. „Ja, wirklich gut hast du das gemacht." Sie stemmte die Hände in die Hüften. „Und entspricht es der Wahrheit, dass du hart warst für deine kleine Magd, als Gisela euch erwischte?"

„Das war nicht so, wie es ausge...."

„Natürlich nicht“, unterbrach Ylfa ihn sarkastisch. Sie überlegte kurz, dann sagte sie: „Meine Meinung hat sich nicht geändert. Du wirst ihr nie wieder wehtun können, wenn ich es verhindern kann.“

„Ich liebe sie, verdammt!“, donnerte Alberic wütend. „Sag mir sofort, wo sie ist!“

„Vergib mir, wenn ich deinen Lügen nicht glaube“, schnaubte Ylfa. „Du hattest genug Gelegenheit, deine Liebe zu beweisen. Indem du Gisela glaubst, diese Schlange von einer Geliebten von der Burg verweist und nicht zulässt, dass sie dir wieder an deinen Schwanz geht. Du hast in allen drei Punkten versagt! Mehr hab ich nicht zu sagen.“

„Ich bin monatelag durch die Gegend gereist, um sie zu finden“, brüllte Alberic. „Was denkst du, was das heißt, he?“

Ylfa verzog das Gesicht zu einer verächtlichen Grimasse.

„Das heißt, dass dein Vater dich enterbt, wenn du keinen Erben zeugst!“

Alberic wurde weiß. Diese Frau hatte ihm allen Wind aus den Segeln genommen. Wie sollte er beweisen, dass er sein Weib liebte? Mehr liebte als sein eigenes Leben!

Ylfa deutete seine Reaktion auf ihre Weise und lachte freudlos. „Ja, so ist es, nicht wahr?“, höhnte sie. „Wenn die Herren mich jetzt bitte entschuldigen wollen. Es ist besser, wenn ich mich zurückziehe, ehe ich einen Mord begehe.“

Die beiden Männer starrten der wütend davonrauschenden Wikingerin hinterher. Dann wandte sich Fulk seinem Schwager zu und runzelte die Stirn.

„Stimmt es, dass du enterbt wirst, wenn du mit

meiner Schwester kein Kind zeugst?“, fragte er scharf.

„Ja, das stimmt“, gab Alberic seufzend zu. „Doch es hat nichts damit zu tun, dass ich Gisela finden muss. Ich habe es ernst gemeint, als ich sagte, dass ich sie liebe. Ich gebe zu, dass ich ein starrköpfiger Bastard bin und ein verdammter Dummkopf und Feigling. Aber ich bin kein Lügner!“

„Ich glaube dir“, sagte Fulk. „Doch es wird nicht einfach, herauszufinden, wo Gisela steckt. Ich kenne Ylfa. Wenn sie sich etwas in den Kopf gesetzt hat, dann ist sie nur schwer davon abzubringen. Besser wäre es, die Männer zu finden, die Gisela begleitet haben. Dazu werden wir jetzt erst einmal in Erfahrung bringen, um welche beiden Männer es sich handelt.“

Alberic nickte.

„Das ist der beste Plan unter den gegebenen Umständen“, stimmte er zu.

„Dann lass uns keine weitere Zeit mehr vergeuden!“, sagte Fulk und schlug Alberic auffordernd auf den Rücken.

***

Die Klostermauern rückten immer näher und Gisela versuchte das Gefühl der Trostlosigkeit zu unterdrücken, das sie beim Anblick der hohen Mauern befiel. Sie bezweifelte, dass sie sich in das streng geordnete Klosterleben so einfach einleben würde, doch sie hatte keine andere Wahl. Lieber ein Leben hinter den Klostermauern als ein Leben auf Burg Trugstein, wo sie täglich mit der Untreue ihre Mannes konfrontiert werden würde. Natürlich wusste sie, dass die meisten Männer sich neben ihrer Gemahlin eine oder gar mehrere Geliebte hielten, und es hatte eine Zeit gegeben, da dachte sie, sie wäre ganz froh darüber, wenn ihr Gatte sich anderen Frauen anstatt ihr widmen würde, doch ihre Gefühle hatten sich geändert. Sie hatte sich in den Teufel verliebt. In einen Mann, dem sie anscheinend nicht geben konnte, was er brauchte. Oder zumindest sah er es so und er gab ihr keine Gelegenheit, ihm das Gegenteil zu beweisen.

„Ihr wartet hier, bis ich mit der Oberin gesprochen habe, dann bekommt ihr den zweiten Teil eures Lohns, wie vereinbart", sagte Gisela zu ihren beiden Begleitern.

Sie war froh, dass Ylfa sich diesen Trick ausgedacht hatte, denn sie bezweifelte, dass die Männer sie sonst bis hierher gebracht hätten. Ylfa hatte den Männern erzählt, die Oberin wäre ein Mitglied der Familie und würde den Männern die zweite Hälfte ihres Lohnes auszahlen. Dabei hatte Gisela unter ihren Kleidern Münzen versteckt, von denen zwei Drittel für das Kloster bestimmt waren, und ein Drittel war als Bezahlung für die Männer gedacht. Sie würde die Oberin bitten, den Männern das Geld zu geben.

Gisela ließ sich von ihrem Pferd helfen und klopfte an das Tor. Es dauerte eine Weile, bis sich schlurfende Schritte näherten und eine Klappe in der Tür geöffnet wurde.

„Mein Name ist Gisela von Rabenfeld. Ich möchte die Mutter Oberin sprechen", verkündete Gisela.

Die Luke wurde wieder geschlossen und jemand machte sich lautstark am Riegel zu schaffen, bis die Tür in dem Tor aufschwang und sie hineingelassen wurde. Die bucklige Alte, die ihr die Tür geöffnet hatte, verschloss diese wieder und führte Gisela einen Pfad entlang bis zum Hauptgebäude. Gisela konnte einige Frauen in den Gärten arbeiten sehen. Sie hoffte, man würde auch sie für die Gartenarbeit einteilen. Das war eine Arbeit, die ihr am meisten lag.

Die Oberin war eine resolute Frau, doch Gisela mochte sie auf Anhieb. Sie bedankte sich bei Gisela für das Geld und schickte eine Nonne, die beiden Männer zu bezahlen und Giselas Pferd in den Stall zu bringen.

„Ich kannte deine Mutter“, sagte die Oberin. „Sie war bei uns für zwei Jahre, ehe sie deinen Vater heiratete. Eine wunderbare Person. Sie konnte so gut mit Pflanzen.“

„Ich habe ihre Neigung geerbt“, sagte Gisela eifrig. „Ich wäre sehr glücklich, wenn ich mich hier im Garten nützlich machen dürfte.“

„Ich denke, das wird sich einrichten lassen“, sagte die Oberin. „Aber jetzt zeige ich dir erst einmal deine Kammer und du kannst dich vor dem Abendmahl noch etwas frisch machen. Komm.“

Gisela folgte der Oberin durch die Gänge, bis sie vor einer Tür stehen blieben. Die Oberin öffnete die Tür und schritt in den Raum hinein. Gisela folgte ihr. Der Raum war nicht sonderlich groß und recht karg, doch dass hatte sie in einem Kloster auch nicht anders erwartet. Es gab ein sauberes Bett, einen kleinen Tisch mit einem Stuhl und eine Truhe, sowie ein kleines Regal unter dem Kruzifix. Das Fenster war recht groß für so einen kleinen Raum und gab den Blick auf einen Teil des großen Gartens frei.

„Vielleicht nicht ganz, was eine Frau deines Standes gewohnt ist, aber ...“

„Es ist wunderbar“, sagte Gisela und schenkte der Oberin ein Lächeln.

„Ich werde dir Wasser zum Waschen schicken lassen und eine Decke. Willkommen in unserer Mitte, Jungfer Gisela.“

Gisela errötete.

„Ich ... ich bin Frau Gisela. Ich bin mit Alberic von Trugstein vermählt, doch er ... er will mich nicht, so beschloss ich, mich ins Kloster zurückzuziehen.“

Die Oberin musterte sie eine Weile, dann nickte sie.

„Nun gut, Frau Gisela. Willkommen in unserem bescheidenen Haus. Ich hoffe, du wirst dich wohlfühlen.“

„Danke“, flüsterte Gisela und unterdrückte ein paar Tränen.

Erleichtert seufzte sie auf, als die Oberin die Tür hinter sich schloss.

***

Alberic ritt in den Burghof und zügelte sein schäumendes Pferd. Er hatte mit Fulk alles versucht, um die beiden Männer zu finden, die Gisela begleitet hatten, doch sie waren wie vom Erdboden verschluckt. Aus Ylfa hatten sie trotz bitten und drohen nichts herausgefunden. Zumindest hatte sie ihre Ängste zerstreut, die Männer könnten Gisela in Stich gelassen oder ihr etwas angetan haben. Sie hatte ihnen von ihrem kleinen Trick mit der Bezahlung berichtet und Alberic musste ihr zugestehen, dass sie verdammt clever war. Trotzdem war er noch immer wütend darüber, dass sie den Aufenthaltsort seiner Gattin nicht verriet. Er betete, dass sie wirklich sicher war, wo auch immer sie sich jetzt aufhielt.

„Herr, gut dass du kommst“, begrüßte ihn einer seiner Knechte aufgeregt.

„Was gibt es?“, brummte Alberic.

„Dein Vater, er liegt im Sterben. Und diesmal geht es wirklich zu Ende.“

Alberic drückte dem Knecht die Zügel in die Hand und rannte ins Innere der Burg, durchquerte die Halle und eilte die Treppen hinauf bis zum Gemach seines Vaters. Als er die Tür öffnete, fand er nur zwei Mägde bei ihm. Er sah wirklich schlecht aus und Alberic hatte keine Zweifel, dass sein Vater diesmal wirklich sterben würde. Er scheuchte die Mägde hinaus und setzte sich zu ihm ans Bett. Der alte Mann schien ihn nicht zu registrieren. Sein Blick ging starr zur Decke. Für einen Moment befürchtete Alberic fast, sein Vater wäre bereits tot.

„Vater“, sagte er eindringlich und ergriff eine schlaffe Hand. „Ich bin hier.“

Ein Flackern erschien in den Augen des alten Grafen.

„Hast du ... sie gefunden?“, krächzte sein Vater.

„Nein, Vater. Aber ich weiß, dass es ihr gut geht. Fulk von Rabenfelds Weib weiß, wo Gisela sich aufhält, doch sie will es nicht preisgeben.“

„Erzähl ... alles.“

Alberic berichtete seinem Vater von der Suche nach Gisela, wie sie von Ylfa erfuhren, dass Gisela zwar wohlbehalten zurückgekehrt war, es jedoch vorgezogen hatte, sich an einem unbekannten Ort versteckt zu halten.

„Ich möchte dich ... um ... etwas ...bitten“, sagte der Graf mit schwacher Stimme.

„Was ist es, Vater?“, fragte Alberic und lehnte sich über ihn, damit der alte Mann sich nicht so mit dem Sprechen anstrengen musste.

„Nimm den Jungen ... unter ... deine Fitti... che.“

„Was für einen Jungen? Du meinst, Genovefas Kind?“, fragte Alberic.

Der alte Graf nickte.

„Ich werde ihn wie meinen eigenen Sohn behandeln“, schwor Alberic und sein Herz war ganz schwer dabei, denn ihm wurde bewusst, dass er wohl nie ein eigenes Kind haben würde, sollte er Gisela nicht wiederfinden.

„Gut“, krächzte sein Vater und machte ein paar röchelnde Atemzüge, dann fiel sein Kopf plötzlich zur Seite und es wurde still im Raum.

Alberic legte seinem Vater die faltigen Hände auf die Brust und schloss ihm die Augen. Dann erhob er sich seufzend, um den Haushalt vom Tod des alten Grafen zu unterrichten.

Zwei Wochen waren seit dem Tod des alten Grafen vergangen. Alberic hatte mittlerweile erfahren, was während seiner Suche nach Gisela auf der Burg geschehen war. Seine Schwester hatte während seiner Abwesenheit einem Jungen das Leben geschenkt. Ihr Gatte saß in König Ludwigs Kerker und wartete auf seinen Prozess wegen des Komplottes, den er mit Genovefa geschmiedet hatte. Genovefa wurde hier auf Trugstein im Turm gefangen gehalten, so lange sie das Kind noch stillte. Allerdings würde man auch sie zum Prozess bringen und das Kind würde an eine Amme weitergereicht werden.

„Schnell, Herr!“, erklang die hektische Stimme von Odo, der die Treppen zur Halle heruntergestürzt kam, als wäre der Teufel hinter ihm her.

Alberic sah von seinem Essen auf und runzelte die Stirn. Was zum Teufel hatte das schon wieder zu bedeuten?

„Was ist es?“, fragte er.

„Frau Genovefa“, japste der Mann außer Atem. „Sie ist mit dem Kind auf den Turmzinnen, und droht, sich hinabzustürzen.“

Alberic sprang von seinem Stuhl auf und rannte auf die Treppe zu. Zwei Stufen auf einmal nehmend, erklomm er die Stufen und rannte zu der Stiege, die zu dem Turm hinaufführte. Der Wachmann, der vor der Tür positioniert war, hinter der man seine Schwester gefangen hielt, öffnete Alberic die Tür. Von dem Turmzimmer aus führte eine Wendeltreppe auf die Turmzinnen. Alberic erklomm auch diese Stufen und sein Herz drohte ihm stehen zu bleiben bei dem Anblick, der sich ihm bot. Genovefa stand auf den Zinnen, den Jungen in ihren Armen haltend. Zwei Männer standen hilflos in einiger Entfernung zu seiner Schwester und warfen Alberic verzweifelte Blicke zu.

„Komm nicht näher oder der Junge stirbt als Erstes“, drohte Genovefa.

Alberic erstarrte. Sein Herz hämmerte wild.

„Genovefa“, sagte er leise, aber eindringlich. „Tu es nicht. Was auch immer dich bedrückt, wir können darüber reden und eine Lösung finden.“

Seine Schwester lachte hysterisch, dabei geriet sie gefährlich ins Wanken und Alberic hielt den Atem an. Sie brachte sich wieder unter Kontrolle und warf ihm einen irren Blick zu. Ihr Mund war zu einem furchtbaren Grinsen verzogen.

„Nun, wer hätte das gedacht?“, sagte sie spöttisch. „Die Bestie von Trugstein sorgt sich plötzlich um das Leben eines Kindes. Plötzlich weich geworden bist du? Oder warst du schon immer so ein verdammter Schwächling?“ Sie lachte erneut und schüttelte den Kopf. „Nein! Ich glaube, deine kleine Hure ist daran schuld. Sie hat dir den Schneid genommen. Ich hätte nie vermutet, dass so eine kleine Person es schaffen würde, die Bestie in eine kleine Katze zu verwandeln. Ich habe sie unterschätzt. Nur gut, dass ich dafür gesorgt habe, dass sie ihren Einfluss hier nicht länger ausüben kann.“

Alberics Wut schwelte. Wenn sie nicht das Kind in ihren Armen halten würde, dann hätte er sich jetzt auf sie gestürzt und ihr den verdammten Hals umgedreht. Aber er durfte das Kind nicht gefährden, also schluckte er seinen Ärger hinunter und zwang sich zur Ruhe.

„Gib mir den Jungen, Genovefa. Er ist dein Sohn und du gefährdest sein Leben. Gib ihn zu mir und wir reden. In Ruhe.“

„Reden, hm?“ Sie lachte freudlos. „Worüber denn? Dass mein Gatte im Kerker des Königs verrottet? Oder dass man mich bald holen wird?“

„Ich kann ein gutes Wort für dich einlegen, wenn du mir jetzt das Kind gibst“, bot Alberic an.

„Du willst den Balg? Hier hast du ihn!“, schrie sie und warf das Kind in die Luft.

Alberic zögerte nicht eine Sekunde. Er sprintete los, den Blick fest auf den Jungen gerichtet. Alles, was nun geschah, erschien ihm, als würde die Zeit plötzlich langsamer laufen. Er hechtete vorwärts, die

Arme ausgebreitet. Genovefa lachte irre und geriet ins Straucheln. Ihr Lachen verwandelte sich in hysterisches Kreischen, als sie von den Zinnen fiel. Alberics Hände bekamen den Jungen zu fassen und wenig später prallte er hart mit dem Rücken auf dem Boden auf, dass ihm die Luft wegblieb. Doch das Kind war gerettet. Mit klopfendem Herzen presste er den Jungen an sich.

Kapitel 9

16 Monate später

Der Kampfeslärm war ohrenbetäubend. Männer brüllten, Schwerter schlugen aufeinander und dann die Schreie der Verwundeten oder Sterbenden. Doch Alberic ließ das alles kalt. Er kämpfte wie ein Berserker. Wie einer seiner Gegner, diese wilden hünenhaften Wikinger, die die Festung seines Freundes überfallen hatten, als er sich gerade zu Besuch befand.

Sein Gegner brüllte laut, als Alberic ihm sein Schwert in die Brust stieß. Mit einem verächtlichen Grunzen zog er seine blutbesudelte Klinge aus dem Körper des Mannes, der mit weit aufgerissenen Augen zu seinen Füßen fiel. Er verschwendete keinen weiteren Gedanken mehr an den Bastard und wandte sich seinem nächsten Gegner zu. Obwohl er aus mehreren Wunden stark blutete und eigentlich längst ein Gefühl der Schwäche empfinden sollte, war er so wach wie schon lange nicht mehr. Seitdem er Gisela verloren hatte, hatte sich eine Taubheit über seine Gefühle gelegt, dass er sich mehr tot als lebendig fühlte. Allein die Verantwortung für seinen Neffen, den er über alles liebte, gab ihm die Kraft, weiterzumachen. Doch jetzt, in diesem Kampf, verspürte er endlich wieder etwas von seinem alten Lebensgeist.

Mit schier unmenschlicher Kraft bekämpfte er gleich zwei Gegner und schlug sich gut, bis plötzlich ein Schmerz in seinem Hinterkopf explodierte und er zu Boden ging. Er spürte gerade noch, wie ein Schwert sich in seinen Rücken bohrte, ehe die Dunkelheit über ihn kam.

***

„Wo soll ich den Lavendel pflanzen?“, fragte Schwester Gudrun.

Gisela blickte von ihrer Arbeit auf und schenkte der jungen Schwester ein Lächeln.

„Dort rüber“, sagte sie und deutete auf ein frisch umgegrabenes Beet zu ihrer Linken. „Neben die Rosen.“

Schwester Gudrun nickte und begab sich zu dem leeren Beet. Gisela steckte ihre Knoblauchzehen in die Löcher, die sie dafür vorbereitet hatte, und verschloss die bestückten Löcher mit frischer Erde. Es war warm für Anfang Mai und sie spürte, wie Schweiß ihr den Rücken hinablief. Sie hatte sich gerade erhoben und ihren schmerzenden Rücken gestreckt, als ein Tumult am Tor ihre Aufmerksamkeit erregte. Sie konnte durch die Büsche nicht sehen, was vor sich ging. Anscheinend waren Männer da draußen. Ob sie überfallen wurden? Die Alarmglocke blieb stumm, doch trotzdem hatte Gisela das ungute Gefühl, dass es sich nicht um normale Besucher handelte, denn die würden nicht eine solche Unruhe hervorrufen. Sie wischte sich die Hände an der Schürze ab und lief durch den Garten.

Beim Näherkommen sah sie, dass mehrere Männer einen Mann auf einem Ochsenkarren in den Hof zogen. Die Oberin und ein paar Schwestern hatten sich darum herum versammelt und sie hörte die Oberin Befehle brüllen.

Mit klopfendem Herzen rannte Gisela schneller, bis sie am Ort des Tumultes angelangt war und einen Blick in den Karren werfen konnte. Ein Schrei glitt ihr über die Lippen und sie presste sich die Hand auf den Mund.

„Wenn du kein Blut sehen kannst, dann geh beiseite, Gisela“, sagte die Oberin. „Schafft ihn ins Innere“, sagte sie, an die Männer gewandt. „Schwester Clothild zeigt euch den Weg.“

Die Männer hievten den blutbesudelten Körper des Verwundeten aus dem Karren und trugen ihn hinter Schwester Clothild her ins Innere des Haupthauses. Gisela stand wie erstarrt und ihr Herz raste wie wild, nicht nur wegen ihres schnellen Rennens.

„Alles in Ordnung mit dir, meine Liebe?“, fragte die Oberin.

Gisela konnte nur stumm den Kopf schütteln.

„Ich hätte nicht vermutet, dass du dich von Blut abschrecken lassen würdest. Du bist sonst so eine rational denkende Frau, wenn es um die Krankenversorgung geht. Oder kennst du den Mann?“

Gisela nickte geistesabwesend. Sie spürte die Hand der Oberin auf ihrer Schulter.

„Wer ist es?“, wollte die Oberin wissen.

„M-mein Ge-gemahl“, stammelte Gisela.

„Gütiger Gott!“, stieß die Oberin aus und schloss die zitternde Gisela in ihre Arme. „Wir gehen jetzt in meine Kammer und du trinkst einen beruhigenden Trunk. Dann erkundige ich mich nach dem Befinden deines Gatten. Ich denke, es ist besser, wenn du erst zu ihm gehst, wenn er etwas weniger erschreckend aussieht.“

Gisela ließ sich von der Oberin ins Innere führen. In der Kammer der Oberin nahm sie mit zitternden Händen einen Kräuteraufguss entgegen, den eine Schwester ihr brachte. Die Schwester leistete ihr Gesellschaft, während die Oberin ging, um sich nach dem Befinden des Verwundeten zu erkundigen. Der Trunk half ihr, langsam ruhiger zu werden, bis sie wieder einigermaßen in der Lage war, klar zu denken.

Seit über einem Jahr war sie nun hier und es war nicht ein Tag vergangen, an dem sie sich nicht nach Alberic gesehnt hatte. Nicht eine Nacht, ohne dass sie von ihm träumte. Doch sie hatte sich damit abgefunden, ihn nie mehr wiederzusehen, und hatte sogar ein wenig Frieden gefunden in der Gartenarbeit. Nur die Wintermonate waren hart gewesen, wenn alles gefroren war und sie nichts zu tun hatte außer Hausarbeiten und Lesen.

„Geht es dir besser?“, fragte die Schwester, die ihr den Trunk gebracht hatte.

„Ja, danke, Ansgard. Ich fühle mich schon etwas besser.“

„Es war schon ein ziemlich übler Anblick. Ich habe ihn nur kurz gesehen, als sie ihn an mir vorbeitrugen, doch ich kann mir vorstellen, dass dich so ein Anblick verstört hat.“

„Das ... das ist es nicht“, sagte Gisela. „Ich ... ich

kenne ihn. Es ist ... mein Gatte."

„Oh", machte Ansgard erschrocken und sie schaute Gisela mitfühlend an. „Das ist ja furchtbar. Oh, es muss dich wirklich mitgenommen haben. Ich weiß gar nicht, was ich sagen soll. Ich ..."

„Ist schon gut", sagte Gisela leise. „Ich danke ... für deine Anteilnahme."

Die Tür ging auf und die Oberin betrat die Kammer. Gisela schaute die Frau mit klopfendem Herzen an.

„Er ist ziemlich schwer verwundet", sagte die Oberin. „Zu allem Überfluss scheint sich die Schwertwunde zu entzünden. Er hat zudem einen üblen Schlag auf den Hinterkopf bekommen. Dazu kommen unzählige kleinere Verletzungen. Er muss eine Menge Blut verloren haben. Ich habe angeordnet, dass immer jemand an seinem Bett Wache hält. Wir haben getan, was wir konnten. Es liegt jetzt alles in Gottes Hand, mein Kind."

Gisela schlug die Hände vors Gesicht und Tränen quollen ihr aus den Augen, rannen heiß über ihre kalten Wangen. Konnte Gott so grausam sein, ihr den Mann, den sie liebte und den sie nicht haben konnte, jetzt sterbend vor die Tür zu legen?

„Schwester Ansgard", sagte die Oberin leise. „Bring Frau Gisela in ihre Kammer und bleib ein wenig bei ihr, bis sie sich beruhigt hat."

Gisela spürte, wie jemand ihre Schulter erfasste, und sie blickte auf in das mitfühlende Gesicht von Ansgard.

„Komm. Ich bring dich in deine Kammer", sagte sie und Gisela erhob sich mit weichen Knien. Schweren Herzens folgte sie der Schwester in ihre Kammer, wo sie sich auf dem Bett zusammenrollte und in den Schlaf weinte.

Als sie erwachte, fühlte sie sich seltsam unruhig. Irgendetwas war passiert, doch sie konnte sich nicht erinnern. Wie war sie dazu gekommen, in ihrem Gewand auf ihrem Bett einzuschlafen? Sie setzte sich auf und versuchte, ihre Gedanken zu klären.

„Alberic!“, entfuhr es ihr erschrocken, als die Erinnerung wie ein Schlag zurückkehrte. „O mein Gott!“

Sie sprang vom Bett auf und stürzte aus dem Raum. Wo mochte man ihn hingebracht haben? Sicher in den Besucherflügel. Immerhin war er ein Mann. Verwundet oder nicht.

Eilig lief sie den Gang entlang und bog in den Besucherflügel ab. Sie traf auf eine der Schwestern, die gerade mit einem Eimer auf sie zukam.

„Schwester“, rief sie erleichtert. „Wo ... wo hat man den Verwundeten hingebracht?“

„Dritte Tür links“, sagte die Schwester und setzte ihren Weg fort.

Mit klopfendem Herzen blieb Gisela vor besagter Tür stehen und sie atmete erst einmal tief durch, ehe sie sich dazu überwinden konnte, anzuklopfen.

Eine Schwester öffnete ihr und ließ sie hinein.

„Wie geht es ihm?“, fragte Gisela bange.

„Er hat Fieber“, informierte sie die Schwester.

Gisela trat an das Bett heran und starrte auf Alberic hinab. Die Schwestern hatten sein langes Haar abgeschoren, um die Kopfwunde besser versorgen zu können. Er sah aus wie ein Fremder mit dem kahlen Kopf und dem Bart. Solange sie ihn kannte, hatte er nie einen Bart getragen. Schweiß stand auf seiner Stirn.

„Ich werde jetzt seine Pflege übernehmen“, sagte Gisela.

„Stimmt es?“, wollte die Schwester wissen. „Er ist dein Gemahl?“

Gisela nickte, ohne den Blick von Alberic zu wenden.

„Ich werde veranlassen, dass man dich in sechs Stunden ablöst“, sagte die Schwester und verließ den Raum.

Als sie allein mit ihrem Gatten war, ließ Gisela sich neben ihm auf dem Bett nieder und legte ihm ihre Hand auf die Stirn. Er glühte und sie zog erschrocken die Hand zurück. Er begann, sich zu regen. Gemurmelte Worte kamen über seine Lippen, doch sie konnte ihn nicht verstehen. Anscheinend sprach er im Fieberwahn. Er warf seinen Kopf hin und her und sie griff nach einem Tuch, um es in der Waschschüssel nass zu machen, und ihm die Stirn abzuwischen. Mit den Fingern benetzte sie seine Lippen.

„Alberic“, sagte sie leise. „Ich bin hier, Liebster. Gisela. Deine Gattin. Kannst du mich hören?“

Er murmelte nur weiter unverständliches Zeug und sie seufzte. Sie musste Geduld haben. Erst einmal musste sie dafür sorgen, dass er dieses Fieber loswurde. Sie zog die Decke herab und entblößte seine Brust mit dem Verband. Er war mit Blut durchtränkt. Sie entfernte den Verband und säuberte die Wunde vorsichtig mit einem feuchten Tuch. Zwar blutete die Wunde nicht mehr, doch sie sah böse aus. Das Fleisch um das tiefe klaffende Loch herum war von einer aggressiven roten Farbe. Man hatte die Wundränder kauterisiert und es ging noch immer ein unangenehmer Geruch nach verbranntem Fleisch von ihnen aus, vermischt mit dem Gestank der Infektion.

Nachdem sie die Wunde gereinigt hatte, verband sie sie wieder und deckte ihm die Decke über. Dann setzte sie sich auf den Stuhl neben dem Bett und betete für seine Genesung.

***

Alberic kam langsam zu sich. Er fühlte sich seltsam schwach und wunderte sich, was mit ihm los war? Was war passiert, dass er sich so kraftlos fühlte wie ein Neugeborenes? Er öffnete vorsichtig die Augen. Sein Blick ging in dem Raum umher, bis er an einer Gestalt hängen blieb, die neben ihm auf einem Stuhl eingeschlafen war. Eine Frau. Wer war sie? Der Raum erinnerte ein wenig an eine Kammer in einem Kloster, vor allem mit dem Kruzifix, doch die Frau trug keine Nonnentracht. Vielleicht eine Anwärterin? Oder eine adlige Frau, die vorrübergehend hier weilte?

Sein Blick glitt an seinem Körper hinab und er erblickte den Verband, der um seine Brust geschlungen war. Aha! Anscheinend war er verwundet worden. War er ein Ritter und hatte in einer Schlacht gekämpft? Was für eine Schlacht? Und ... wer war er? Er konnte sich nicht an seinen Namen erinnern. Auch nicht an seine Stellung oder ob er Familie hatte.

Er stöhnte leise, als der Schmerz in seinem Schädel plötzlich stärker wurde. Die Frau neben ihm wachte auf und ihr Gesicht erschien über ihm, ihr Ausdruck zwischen Freude und Besorgnis schwankend.

„Du bist wach?“, fragte sie mit angenehmer Stimme. „Wie geht es dir, Alberic?“

Alberic? War das sein Name? Woher kannte die Frau ihn? Wer war sie?

„Wer ...“, brachte er schwach über die Lippen.

„Du musst nicht reden“, sagte die Frau. „Es strengt dich noch zu sehr an. Ich bin so froh, dass du erwacht bist. Du kannst dir gar nicht vorstellen, wie erschrocken ich war, als man dich hierherbrachte. Ich hatte ja keine Ahnung ... Oh, du brauchst sicher erst einmal was zu trinken. Wir können reden, wenn es dir wieder besser geht.“

Sie half ihm, sich etwas aufzurichten, und stopfte Kissen unter seinen Kopf, dann griff sie nach einem Becher und setzte ihn an seine Lippen. Erst als das Wasser seinen Mund füllte, merkte er, wie durstig er war.

„Das reicht fürs Erste“, sagte die Frau und stellte den Becher beiseite. „Dein Magen muss das erst einmal drinbehalten haben, dann bekommst du mehr. Ich werde nach der Oberin rufen lassen. Sie wird sehr froh sein, dass du erwacht bist. Alle haben sich große Sorgen gemacht. Du hattest Fieber. Warte einen Moment. Ich bin gleich wieder da.“

Alberic schaute ihr hinterher. Sie war eine viel zu hübsche Person, um ihr Leben hinter Klostermauern zu vergeuden, fand er. Er wüsste ganz andere Dinge mit ihr anzustellen. Voller Bedauern musste er sich eingestehen, dass er nicht einmal wusste, ob er verheiratet war. Vielleicht wartete irgendwo ein Weib auf ihn und Kinder. Er fühlte sich plötzlich schuldig dabei, dass er sich auf unerklärliche Weise so zu der Frau hingezogen fühlte. Dann erinnerte er sich, dass sie seinen

Namen zu kennen glaubte. Konnte sie ihm helfen, das Rätsel seiner Herkunft zu lösen? Die Frage war, würde es ihm gefallen, seine Erinnerungen wiederzufinden? Oder war er vielleicht mit einem garstigen Weib gesegnet oder einer Gattin, die hässlich war? Wenn er zur oberen Schicht gehörte, dann hatte er sicher nicht aus Liebe geheiratet. Wenn er arm war, konnte er sich vielleicht gar keine Familie leisten. Alberic seufzte. Nicht zu wissen, wer er war, machte ihn ganz verrückt.

***

Aufgeregt lief Gisela durch den Gang. Er war wach. Er schien noch ein wenig benommen, doch das Fieber war gebannt und er war wach. Das war erst mal das Wichtigste. Als sie um die Ecke bog, begegnete sie endlich einer der Nonnen.

„Schwester!“, rief sie aufgeregt. „Informiere die Mutter Oberin. Der Patient ist erwacht.“

Ein freudiges Lächeln erschien auf dem Gesicht der Nonne.

„Das sind gute Nachrichten. Ich werde der Mutter Oberin sofort davon berichten. Geh du nur zurück zu deinem Gatten. Ich kümmere mich um alles.“

„Danke“, stieß Gisela erleichtert aus und wandte sich um. So schnell sie in ihrem Gewand konnte, rannte sie zurück zu Alberics Kammer.

Sie spürte seinen Blick auf sich, als sie die Kammer betrat, und ihr Herz schlug schneller. So lange hatte sie ihn nicht gesehen, hatte Nacht für Nacht von ihm geträumt, während er ... Ihr Gesicht verfinsterte sich, als sie sich die Gründe in

Erinnerung rief, warum sie hier und nicht bei ihm war. Was würde er jetzt tun, wo er sie gefunden hatte? Würde er darauf bestehen, dass sie mit ihm zurück nach Trugstein kehrte? Oder war er ganz froh darüber, dass er sie los war?

„Die Oberin wird bald kommen, um nach dir zu sehen", sagte sie, ohne ihn anzusehen.

Die Tür ging auf und die Oberin betrat zusammen mit einer Schwester die Kammer. Sie bedachte den Patienten mit einem gütigen Lächeln.

„Du bist erwacht", sagte sie. „Das sind erfreuliche Nachrichten. Wir haben uns große Sorgen gemacht." Sie trat näher ans Bett und legte Alberic eine Hand auf die Stirn. „Das Fieber ist weg. Lass mich nach deiner Wunde sehen."

Die Oberin ließ von der Schwester den Verband lösen und besah sich die Wunde.

„Das wird bald nur noch eine weitere deiner zahlreichen Narben sein, mein Junge."

„Danke", sagte Alberic schwach. Er schenkte der Oberin ein gequältes Lächeln.

„Hast du noch Schmerzen?", wollte die Oberin wissen.

Er nickte.

„Mein Kopf", stöhnte er. „Ich ... Keine Erinnerung."

Die Oberin runzelte die Stirn und Gisela horchte auf. Er erinnerte sich nicht, was mit ihm passiert war?

„Du kannst dich nicht erinnern, was geschehen ist?", fragte die Oberin.

Er nickte.

„Weißt du, was davor geschehen ist?"

Kopfschütteln.

Giselas Herz schlug schneller.
„Kennst du deinen Namen?“
„Gar ... nichts“, antwortete Alberic krächzend.
Gisela hatte das Gefühl, als hätte ihr jemand den Boden unter den Füßen weggerissen. Er wusste nicht, wer er war? Dann wusste er auch nicht, wer sie war?
„Dann weißt du auch nicht, wer diese junge Frau ist?“, fragte die Oberin und deutete auf Gisela.
„Nein“, flüsterte Alberic und sein Blick bohrte sich in Giselas.
Tränen traten ihr in die Augen und sie fing an, zu zittern, als sie realisierte, was das bedeutete. Alles, was je zwischen ihnen gewesen war, alles Gute und alles Schlechte – vergangen. Nicht mehr existent, zumindest nicht für ihn. Der Schock traf sie tief. Mit einem Schluchzer sprang sie auf und rannte aus dem Raum. Tränenblind lief sie durch die Gänge.

***

Alberic blickte der jungen Frau hinterher. Er wusste nicht, warum sein Herz sich so anfühlte, als hätte ein Dämon es zwischen seinen Krallen zerquetscht. Hilfe suchend blickte er die Oberin an.
„Wer ...?“, fragte er schwach.
„Sie ist dein Weib“, antwortete die Oberin und Alberic schloss aufstöhnend die Augen. Er hatte ein Weib und er konnte sich an nichts erinnern? Kein Wunder, dass sie fluchtartig den Raum verlassen hatte. Wie sehr musste es sie schmerzen, dass er keine Erinnerung an sie hatte.
„Dein Name ist Alberic von Trugstein. Dein Weib ist Gisela von Trugstein. Sie ist eine von Rabenfeld.

Deine Männer brachten dich hierher, nachdem du bei einem Wikingerüberfall auf die Burg des Grafen von Falkenhorst schwer verwundet worden warst."

Alberic nahm die Information in sich auf, doch er konnte keinerlei Erinnerung, kein einziges Bild daran knüpfen. Weder die Namen noch der Wikingerüberfall ließen bei ihm irgendetwas klingeln. Zumindest hatte er jetzt die Erklärung, warum er sich zu der jungen Frau so hingezogen fühlte. Seinem Weib. Hatten sie Kinder? Waren sie glücklich? Wenn er sich nur erinnern könnte. Er fand den Gedanken enttäuschend, dass er mit dieser wunderschönen Frau im Bett gewesen war und daran keine Erinnerung hatte.

„Du hast einen Schlag auf den Kopf bekommen", sagte die Oberin erklärend. „Das hat deine Erinnerungen gelöscht. Aber es ist durchaus möglich, dass sie zurückkommen. Ich weiß, dass das für dich ein Schock sein muss. Genauso wie für deine Gattin. Doch wir können im Moment nur beten und hoffen, dass dein Gedächtnis zurückkehren wird. Ich lasse Schwester Ruth bei dir. Du solltest noch ein wenig versuchen, zu schlafen. Du bist noch immer sehr schwach."

Alberic nickte.

Kapitel 10

Seit vier Tagen wartete Alberic darauf, dass seine Gattin ihm einen Besuch abstattete, doch sie blieb fern. Die Oberin hatte ihn gebeten, seiner Gemahlin Zeit zu geben, die Umstände zu verarbeiten. Er war mittlerweile schon so weit genesen, dass er kurz aufstehen konnte, um sich im Zimmer zu bewegen. Auch das Sprechen fiel ihm jetzt nicht mehr schwer, und so unterhielt er sich viel mit den Schwestern, die ihn pflegten. Er erfuhr, dass Gisela seit über einem Jahr in diesem Kloster war, und er fragte sich, warum. War er grausam zu ihr gewesen? Hatte er ihr ein Leid angetan. Niemand konnte oder wollte ihm sagen, warum sie sich hier aufhielt. Die Zweifel marterten ihn. Falls er etwas falsch gemacht hatte, wollte er es wiedergutmachen. Er war sich sicher, dass er tiefere Gefühle für diese Frau hatte. Selbst ohne seine Erinnerungen fühlte er sich stark zu ihr hingezogen.

Es klopfte an der Tür und Schwester Ruth kam mit seinem Frühstück in seine Kammer. Sie lächelte ihn freundlich an, wie jedes Mal, wenn sie zu ihm kam.

„Guten Morgen“, grüßte sie ihn. „Wie geht es dir heute? Ich habe ein etwas kräftigeres Frühstück heute.“

Alberic schaute hungrig auf das Brot und die Wurst, die sie auf einem Tablett trug. Bisher hatte er immer nur Suppen bekommen.

„Das riecht verlockend“, sagte er strahlend. „Und sieht auch so aus. Ich bin die Suppen schon leid.“

Schwester Ruth lachte.

„Das kann ich mir denken. Deswegen habe ich die Oberin gefragt, ob du heute mal etwas Herzhafteres haben darfst.“

Sie stellte ihm das Tablett auf den Schoß und setzte sich neben sein Bett auf den Stuhl.

Alberic verschlang sein Frühstück wie ein hungriger Wolf. Er hatte sich nicht mehr so gut gefühlt, seit er hier in dieser Kammer von seinem Fieber erwacht war.

„Danke“, sagte er, als er fertig gegessen hatte.

„Danke Gott“, antwortete Schwester Ruth.

„Wie geht es meiner Gattin?“, fragte Alberic und wartete mit klopfendem Herzen auf eine Antwort.

„Sie ist sehr still“, sagte Schwester Ruth seufzend. „Sie arbeitet noch mehr im Garten als zuvor und sie ist blass und dünn geworden.“

„Ich ... ich weiß nicht, was ich ...“, begann Alberic unsicher. „Ich meine, vielleicht war ich ... kein guter Gatte. Ich habe keine Ahnung, was ...“ Er seufzte tief. „Sie ist seit über einem Jahr hier. Warum? Das ... das ist, was ich mich den ganzen Tag frage. Warum? Was hab ich getan?“

„Das Einzige, was ich weiß, ist, dass sie bei ihrer Ankunft damals gesagt hat, dass sie verheiratet ist, ihr Mann sie aber nicht will.“

Alberic starrte die Schwester ungläubig an. Sie nicht wollte? Wie könnte er diese bezaubernde Frau nicht wollen? Es musste sich um ein Missverständnis handeln.

„Tut mir leid!“, sagte Schwester Ruth.

„Ich habe keine Ahnung, was damals vorgefallen ist, doch ich ... ich bin mir sicher, dass es nicht stimmt, dass ich sie nicht wollte. Es muss ein ... ein Missverständnis sein.“

„Ich glaube dir“, sagte Schwester Ruth gütig. „Aber irgendetwas ist vorgefallen, was deine Gattin schwer getroffen hat. Sie war lange Zeit sehr still und traurig. Wie jetzt. Sie ist erst kürzlich etwas fröhlicher geworden.“

„Und dann komme ich und mache alles wieder kaputt“, murmelte Alberic.

„Nein!“, wehrte die Schwester ab. „Ich denke, dass der Herr dich hierhergeführt hat, damit du bereinigen kannst, was auch immer zwischen euch vorgefallen ist. Vielleicht deswegen auch der Gedächtnisverlust. Damit ihr beide neu anfangen könnt. Ich werde für euch beten.“

Mit diesen Worten erhob sich Schwester Ruth und nahm das Tablett von Alberic entgegen.

„Ich komme später wieder. Vielleicht kannst du heute schon ein wenig nach draußen. Ich werde die Oberin fragen.“

„Danke.“

„Keine Ursache“, sagte Schwester Ruth lächelnd und wandte sich zum Gehen.

***

Gisela schmerzte der Rücken, doch das war für sie kein Grund, das Unkrautjäten zu unterbrechen. Vielmehr hieß sie den Schmerz willkommen. Wenn sie sich ganz auf den körperlichen Schmerz konzentrierte, dann konnte sie den in ihrem Herzen wenigstens für eine kleine Weile vergessen. Die Zähne zusammenbeißend, arbeitete sie weiter. Sie hörte sich nähernde Schritte und Stimmen, doch sie sah nicht von ihrer Arbeit auf, bis der Klang einer männlichen Stimme durch den Abwehrnebel drang, den sie um ihren Kopf und ihr Herz gewoben hatte. Sie erstarrte und ihr Herz fing an, zu klopfen.

„Setz dich hierher", hörte sie Schwester Ruth sprechen. „Ich komme in einer halben Stunde und hole dich wieder. Kommst du so lange allein zurecht?"

„Ja, vielen Dank", hörte sie Alberic antworten.

Gisela nahm an, dass er jetzt auf der kleinen Bank beim Teich saß. Zwischen ihnen befand sich nur eine hüfthohe Hecke aus Buchsbaum. Wenn sie sich jetzt erhob, dann würde er sie sehen. Panik ergriff von ihr Besitz und sie fragte sich benommen, was sie jetzt tun sollte. Ihre Rückenschmerzen waren mittlerweile so arg, dass sie Probleme bekommen würde, wenn sie nicht bald aufstand, um sich ein wenig zu strecken. Aber genau das konnte sie auf gar keinen Fall tun. Er durfte sie nicht sehen. Sie wollte nicht mit ihm reden müssen.

Ein plötzlicher Rumms ließ sie aufhorchen. Was war das gewesen? Es hörte sich beinahe an, als ob ... als ob Alberic von der Bank gefallen wäre. Sie stockte, unschlüssig, was sie tun sollte. Vorsichtig nachsehen? Sie musste wissen, falls er Hilfe brauchte, doch falls alles in Ordnung war mit ihm, wollte sie nicht, dass er sie bemerkte. Auf allen vieren kroch sie an der Hecke entlang, bis sie den Blick frei hatte auf die Bank. Tatsächlich lag Alberic auf dem Boden und rührte sich nicht. Schneller, als sie es für möglich gehalten hatte, sprang sie auf die Beine und rannte zu ihm. Sie fiel schwer atmend und mit panisch klopfendem Herzen neben ihm auf die Knie.

„Alberic“, rief sie aus und hob ihn an, um seinen Kopf auf ihren Schoß zu legen. „Alberic, was ist mit dir? Wach auf! Bitte, wach doch auf!“

Seine Lider flatterten und er stöhnte leise, ehe er langsam die Augen öffnete. Ihre Blicke trafen sich und ihr Magen zog sich aufgeregt zusammen.

„Was ...?“, stöhnte Alberic.

„Du bist von der Bank gefallen“, erklärte Gisela mit zittriger Stimme.

„Warum bist du hier, Gisela?“, fragte Alberic mit belegter Stimme.

„Ich ... ich war hinter den Büschen – Unkraut jäten – da hörte ich dieses Geräusch und ich ... ich schaute nach, was das war, und du ... du lagst hier – bewusstlos.“

„Das meine ich nicht“, sagte Alberic und hob eine Hand, um sie an ihre Wange zu legen. „Warum bist du hier in diesem Kloster seit über einem Jahr? Habe ich ... hab ich dir wehgetan?“

Gisela wandte den Blick ab und schluckte schwer. Ungeweinte Tränen brannten in ihren Augen und ihr war ganz flau im Magen.

„Was hab ich getan?“, fragte Alberic verzweifelt. „Was auch immer es war, es tut mir leid. Hab ich dir ... Gewalt angetan?“

Sie schüttelte den Kopf.

„Es ist nicht mein Körper, der verletzt wurde, Alberic.“

„Dann habe ich deinem Herzen wehgetan? Ist es

das?“

Sie nickte.

„Ich kann mich zwar nicht erinnern, doch ich bin sicher, dass es nicht in meiner Absicht lag, dir wehzutun. Ich spüre, dass ich mich sehr stark zu dir hingezogen fühle, auch wenn ich mich an keine einzige Minute mit dir erinnern kann. Schon ehe die Oberin mir sagte, dass du mein Weib bist, fühlte ich, dass da etwas zwischen uns war. Mein ... mein Kopf mag vergessen haben, Gisela, doch mein Herz erinnert sich an dich.“

Eine Träne rann ihr über die Wange und sie schloss die Augen, als könnte sie damit die Tränen aufhalten. Doch einer Träne folgte die nächste und Gisela war machtlos dagegen.

„Es tut mir so leid“, flüsterte er. „Was auch immer es war, das ich getan hab – es tut mir leid.“

„Wie kannst du das wissen?“, schniefte sie. „Falls du dein Gedächtnis wiedererlangst, wirst du sicher so weitermachen wie zuvor. Ich denke nicht, dass sich jetzt etwas geändert hat, nur weil du dich nicht erinnerst.“

Alberic setzte sich langsam auf und eine Weile herrschte Schweigen zwischen ihnen.

„Willst du mir nicht sagen, was ich getan hab?“, fragte Alberic leise.

Gisela wischte sich die Tränen aus dem Gesicht, doch sie fand nicht die Worte, ihm zu antworten. Sie wollte nie wieder daran denken, erst recht nicht darüber reden müssen. Es änderte ohnehin nichts. Sobald er sich wieder erinnerte, würde er zu Fara zurückkehren und Gisela wollte ihn nicht schon wieder verlieren. Nicht ein zweites Mal.

„Bitte“, flehte er und legte eine Hand auf ihren

Unterarm. „Ich ertrage es nicht, dich so traurig zu sehen und zu wissen, dass ich der Grund dafür bin. War es wirklich so schlimm? Ich bin sicher, es muss doch auch Gutes zwischen uns gegeben haben. Ich ... ich fühle, dass da etwas Starkes zwischen uns ist. Das ... das bilde ich mir doch nicht nur ein."

„Ich habe einmal geglaubt, dass da etwas hätte sein können", flüsterte Gisela. „Aber ich war ... bin nicht, was du brauchst!"

Mit einem Schluchzen riss sie sich von ihm los und sprang auf. Tränenblind rannte sie davon.

***

Alberic lehnte sich mit dem Rücken gegen die Bank und starrte Gisela hinterher. Er fühlte sich wie ein gemeiner Schuft und dabei wusste er noch nicht einmal, was er verbrochen hatte. Kein gutes Gefühl. Wenn er wüsste, was er falsch gemacht hatte, dann könnte er vielleicht einen Weg finden, es wiedergutzumachen und sie um Vergebung zu bitten. Ihr letzter Satz machte keinerlei Sinn für ihn: *‚Aber ich war ... bin nicht, was du brauchst.'* Was meinte sie damit? Wieso war sie nicht, was er brauchte? Er war sich sicher, dass sie alles war, was er wollte.

Schritte näherten sich und er blickte auf. Schwester Ruth und eine andere Schwester kamen auf ihn zugeeilt.

„Frau Gisela informierte uns, du seist von der Bank gefallen", sagte Schwester Ruth atemlos. „Ist alles in Ordnung? Ist dir noch schwindelig? Bist du verletzt?"

„Es geht mir gut“, antwortete Alberic tonlos. *Zumindest körperlich*, ergänzte er in Gedanken.

Erleichterung zeigte sich auf den Zügen der beiden Schwestern. Sie halfen ihm auf die Beine und eskortierten ihn zurück in seine Kammer. Dort ließ sich Alberic auf das Bett fallen und schloss seufzend die Augen. Schwester Ruth war noch bei ihm geblieben, während die zweite Schwester bereits gegangen war.

„Geht es dir wirklich gut?“, fragte Schwester Ruth besorgt. „Ich könnte nach der Oberin rufen.“

„Nicht notwendig“, wehrte Alberic ab und versuchte ein halbherziges Lächeln. „Mein Problem ist eher ... seelischer Natur.“

„Wegen deiner Gattin?“, fragte Schwester Ruth mitfühlend.

Er nickte.

„Du musst ihr Zeit geben“, sagte Schwester Ruth.

„Das ist nicht das Problem“, seufzte Alberic. „Das Problem ist, dass ich ihr mit irgendetwas wehgetan habe, und ich kann mich nicht erinnern, was es ist. Sie will mir nicht sagen, was ich getan habe. Ich habe sie gefragt, ob ich ihr ... körperlich wehgetan habe, doch sie verneinte. Sie sagte, ich habe sie seelisch verletzt. Wenn ich nur wüsste, was ... was ich getan habe, dann könnte ich es vielleicht wiedergutmachen. Ich bin mir sicher, dass ich ihr niemals wehtun wollte. Ich ... ich liebe sie.“

Schwester Ruth legte eine warme Hand auf seine Schulter und sah ihn eindringlich an.

„Ich bin mir sicher, dass sich alles aufklären wird. Und ich weiß ganz sicher, dass sie dich von Herzen liebt. Sie war außer sich vor Sorge um dich. Ich weiß, dass es hart ist, doch du *musst* ihr mehr Zeit

geben."
Er nickte seufzend.
„Ich werde mich mit ihr auch noch einmal unterhalten", sagte Schwester Ruth. „Vielleicht kann ich herausbekommen, was zwischen euch vorgefallen ist."
„Danke."
„Das tue ich gern. Jetzt ruh dich erst einmal aus. Anscheinend war dein Ausflug heute mehr, als wir dir hätten zumuten dürfen."

***

Eine Woche war seit dem Zwischenfall im Garten vergangen und Gisela war ihrem Gatten aus dem Weg gegangen. Es hatte sie sehr aufgewühlt, ihm so nah zu sein. Er schien so verzweifelt, doch er wusste ja nicht, was zwischen ihnen stand. Sobald er sich wieder erinnern würde, würde er erneut denken, dass sie ihm nicht genügte. Sie konnte ... Nein, sie *durfte* sich nicht erlauben, ihr Herz erneut an ihn zu verschenken. Er hatte es einmal gebrochen. Noch einmal würde sie das nicht überleben.
„Gisela?", erklang die Stimme von Schwester Ruth hinter ihr.
Gisela zuckte zusammen. Seit dem Vorfall im Garten hatte Schwester Ruth mehrfach versucht, aus ihr herauszubekommen, was zwischen ihr und Alberic vorgefallen war.
„Ja?", antwortete sie, ohne sich umzudrehen.
„Ich muss mit dir reden."
Gisela seufzte und wandte sich um.
„Lass uns in die Bibliothek gehen, da sind wir um diese Zeit ungestört", sagte Schwester Ruth und

Gisela folgte der Schwester durch die Gänge zur Bibliothek. Es war kein großer Raum. Es gab nur ein paar Bibeln unterschiedlichen Alters, Kräuterbücher und Schriften über die Heilkunde. Doch Gisela mochte den Raum mit seinen hohen Fenstern.

„Setzt dich“, sagte Schwester Ruth und sie nahmen vor einem der Fenster auf einer Bank Platz. „Ich muss mit dir über deinen Gatten sprechen. Ich weiß, du willst mir nicht sagen, was zwischen euch vorgefallen ist, und auch wenn ich es bedauere, so werde ich nicht weiter diesbezüglich in dich dringen. Doch etwas anderes habe ich mit dir zu bereden. Dein Gatte ist körperlich genesen und es verstößt gegen unsere Klosterregeln, ihn länger hier zu beherbergen. Wir müssen ihn leider entlassen. Da er sich nicht erinnert, ist das Problem aufgetaucht, dass er den Weg zu seinem Besitz allein nicht finden wird. Ich kann keine Schwester mit ihm schicken und sonst gibt es hier niemanden, der mit ihm reiten könnte. Wir haben hin und her überlegt und kommen zu keiner Lösung außer der einen: Du musst ihn begleiten. Er ist dein Gatte und sein Wohlergehen liegt in deinen Händen. Es ist deine von Gott gegebene Pflicht, dich um ihn zu kümmern. Es tut mir leid, dass ich es dir so sagen muss, doch wir können dich unter diesen Umständen nicht länger hierbehalten. Dein Platz ist an der Seite deines Gatten.“

Gisela war auf der Bank erstarrt und ihr Herzschlag kam hart und unregelmäßig. Sie wusste in ihrem Inneren, dass Schwester Ruth recht hatte, doch dass machte es nicht leichter. Sie konnte Alberic nicht begleiten. Das war ganz ausgeschlossen. Mit ihm allein zu reisen, ohne irgendeine andere Person bei ihnen. Sie war verloren.

„Gisela“, erklang Schwester Ruths Stimme. „Ich weiß, dass es dir schwerfällt, doch es ist das einzig Richtige .“

„Ich weiß“, flüsterte Gisela tonlos. „Wann ... wann müssen wir aufbrechen?“

„Morgen früh.“

Gisela nickte, dann erhob sie sich und verließ die Bibliothek.

***

Gisela warf einen letzten Blick zurück zum Kloster, in dem sie für mehr als ein Jahr zu Hause gewesen war. Die Schwestern waren ihr ans Herz gewachsen und sie hatte ihre Arbeit im Garten geliebt. Selbst ihre karge Kammer würde sie vermissen. Ihr Herz war schwer, doch schwerer als der Abschied wog die Zukunft, die vor ihr lag. Sie fragte sich, was passieren würde, wenn Alberic wieder in seiner vertrauten Umgebung war. Wenn er Fara wiedersah. Würden die Erinnerungen dann wiederkehren?

„Wie lange wird die Reise dauern?“, fragte Alberic neben ihr.

„Zwei Tage“, antwortete Gisela, ohne ihn anzusehen. Sie hielt den Blick stur auf den Weg vor sich gewandt.

Sie hörte ihn leise seufzen.

„Ich weiß, dass du nicht freiwillig mit mir kommst“, sagte er schließlich sanft. „Es tut mir leid. Aber ich müsste lügen, wenn ich sagen würde, dass ich nicht froh darüber bin, dass du mich begleitest.“

Gisela schwieg. Was sollte sie darauf antworten?

„Ich hoffe wirklich, dass wir die Dinge, die zwischen uns stehen, bereinigen können“, sagte Alberic nach einer Weile. „Ich möchte dich wirklich glücklich machen. Es zerreißt mir das Herz, dich unglücklich zu sehen. Was auch immer ich getan habe, es tut mir leid. Ich bitte dich, mir zu verzeihen und mir die Chance zu geben, es besser zu machen. Lass uns doch einen neuen Anfang machen. Ich werde dich nicht ... sexuell bedrängen. Ich ... ich weiß, dass das im Moment nicht angebracht ist. Solange du mir nicht wieder vertraust, kann ich das nicht von dir erwarten. Aber ich würde gern Zeit mit dir verbringen und dich ... neu kennenlernen.“

„Du wirst dich erinnern“, sagte Gisela bitter. „Irgendwann wirst du deine Erinnerung zurückbekommen und dir wird wieder einfallen, dass ... dass ich ... ich nicht bin, was du willst. Ich warte nicht darauf, dass du mein Herz ein zweites Mal brichst!“

Gisela gab ihrer Stute einen kräftigen Tritt in die Flanken und ließ Alberic hinter sich.

***

Alberic starrte seiner Gattin hinterher. Er fühlte sich, als hätte sie ihm gerade eine kräftige Ohrfeige verpasst. Er hatte ihr ein Friedensangebot machen und sie nicht verletzen wollen. Wie es aussah, hatte er alles gründlich verdorben. Er wurde nicht schlau aus dem, was sie sagte. Wieso sollte sie nicht das sein, was er wollte? Er war sich ganz sicher, dass sie *genau das* war, was er begehrte. Der Schlag auf den Kopf hatte seine Erinnerungen gelöscht, doch er wusste ganz genau, dass der Schlag nicht seine Gefühle verändert haben konnte. Gisela war alles, was ein Mann sich wünschen konnte. Dann kam ihm plötzlich ein Gedanke.

Leise fluchend gab er seinem Pferd einen Tritt in die Flanken und sprengte im Galopp hinter Gisela her. Als er sein Pferd auf gleiche Höhe mit ihrer Stute gebracht hatte, ergriff er ihre Zügel und zwang sie zu einem Halt. Gisela starrte ihn entsetzt an.

„Was ...?“, machte sie und verstummte, als sie in seine Augen blickte.

„Gisela. Bist du unfruchtbar? Ist es das? Denkst du, dass du mir nicht gerecht werden kannst, weil du nicht in der Lage bist, mir ein Kind zu schenken?“

Gisela starrte ihn aus weit aufgerissenen Augen an, dann schüttelte sie benommen den Kopf.

„Nein!“, sagte sie, den Blick abwendend. „Das ist es nicht. Und jetzt lass mich in Frieden. Wir haben noch einen weiten Weg vor uns.“

Enttäuscht ließ Alberic die Zügel ihrer Stute los und sie ritten in normalem Tempo weiter. Er hatte gehofft, des Rätsels Lösung gefunden zu haben. Er hätte kein Problem damit gehabt, wenn sie unfruchtbar gewesen wäre. Doch jetzt stand er erneut vor derselben Frage: Was hatte er ihr angetan?

Kapitel 11

Sie ritten auf Trugstein zu und Alberic verspürte einen dumpfen Schmerz in seinem Hinterkopf. Die Burg erschien ihm nicht unbekannt, auch wenn er noch keine wirkliche Erinnerung daran knüpfen konnte. Die Männer auf den Zinnen brüllten etwas und das Tor öffnete sich ächzend und knarrend. Alberic spornte sein Pferd an und sie trabten in den Hof, wo sie von vielen Menschen erwartet wurden, und es eilten stetig mehr Leute hinzu. Keines der Gesichter erweckte Erinnerungen, obwohl sie auch nicht fremd wirkten. Dann kam eine Frau mit einem kleinen Jungen auf dem Arm die Eingangstreppe herunter und plötzlich tauchten Bilder auf. Er sah den Jungen, wie er lachend auf ihn zugelaufen kam, ein kleines Holzpferd in den Händen, dann sah er den Jungen in einem Bett liegen und zu ihm hinauflächeln. Das musste sein Sohn sein. Sein und Giselas Sohn. Doch wie hieß der Junge?

Alberic schüttelte benommen den Kopf, als die Bilder verschwanden, und er blickte erneut zu der Frau mit dem Jungen, die jetzt näher kamen. Erneut sah er Bilder vor seinem inneren Auge, diesmal von der Frau. Er wusste plötzlich, wer sie war. Sie war seine Mutter. Er schwang sich von seinem Pferd, um seiner Mutter und seinem Sohn entgegenzugehen.

„Papa!“, sagte der kleine Junge begeistert und bestätigte damit Alberics Verdacht.

„Papa?“, erklang Giselas ungläubige Stimme hinter ihm. „Du hast ein Kind mit einer deiner Huren? Wer ist es? Fara kann es ja nicht sein, also mit wem hast du mich noch betrogen?“

Alberic war gerade in Begriff gewesen, seine Hände nach dem Jungen auszustrecken, als er innehielt und sich zu Gisela umwandte.

„Was soll das heißen?“, fragte er perplex. „Ist das denn nicht unser Kind?“

Der verletzte Ausdruck in ihren Augen erzählte ihm schon genug. Das Herz sank ihm in die Knie. Das also war es. Er war ihr anscheinend untreu geworden und er musste zugeben, dass der Name Fara irgendetwas in ihm auslöste, als würde er eine Frau dieses Namens wirklich kennen. Gut kennen.

„Verdammt“, murmelte er leise.

„Ja!“, schrie Gisela mit Tränen in den Augen. „Verdammt seist du!“ Mit diesen Worten rannte sie einfach davon. „Öffnet das Tor!“, rief sie den Wachen zu. Die schauten zögerlich zu Alberic herüber und er gab ihnen durch ein Kopfschütteln zu verstehen, dass sie den Befehl seiner Gattin nicht ausführen sollten.

„Gisela!“, rief er ihr hinterher.

„Was hat das alles zu bedeuten?“, wollte seine Mutter wissen. „Wieso weißt du nicht, wer Cheldric ist?“

Alberic starrte seine Mutter irritiert an.

„Was ... was geht hier vor?“, fragte er verwirrt.

„Das könnte ich dich auch fragen“, entgegnete

seine Mutter barsch. „Erst kommen deine Männer zu mir ins Kloster und berichten mir, dass du verwundet bist und meine Anwesenheit auf Trugstein notwendig ist. Dann, nach meiner Ankunft, erfahre ich, dass du gar nicht hier bist und ich einen Enkel habe, um den ich mich wegen deiner Abwesenheit kümmern soll. Als Nächstes erzählt man mir, dass deine Schwester sich kurz nach der Geburt das Leben nahm und du schuld daran bist und dass mein Schwiegersohn im Kerker sitzt. Jetzt kommst du auf einmal daher mit deiner Gattin, die, wie ich hörte, seit über einem Jahr verschwunden war, und du scheinst nicht einmal zu wissen, dass Cheldric dein Neffe ist, den du seit Genovefas Geburt unter deine Fittiche genommen hattest. Ich muss sagen, dass ich nicht weiß, was ich davon halten soll!“

Alberic schaute seine Mutter ungläubig an. Das waren zu viele Informationen über sein Leben gewesen, um sie auf einmal verarbeiten zu können, doch es rührte etwas in seinem Inneren an. Er konnte sich zwar nicht bildlich seiner Schwester entsinnen, doch irgendwie waren da schemenhafte Erinnerungen, die langsam an die Oberfläche zu drängen begannen. Er war sich sicher, dass er dem Rätsel seiner Vergangenheit langsam näher kam. Er musste sich hier alles und jeden genau ansehen. Das würde bestimmt noch mehr Bilder heraufbeschwören. Mit einem Blick auf seine Gattin, die noch immer verloren am Tor stand, schwor er sich, dass er allem auf den Grund gehen würde, damit er endlich wusste, was er zu tun hatte, um sie wieder glücklich zu machen. Als Erstes würde er diese Fara hinauswerfen. Und alle anderen Frauen, von denen er herausfand, dass er mit ihnen etwas gehabt hatte. Er wollte seiner Gattin nicht zumuten, mit seinen Exgeliebten unter demselben Dach zu schlafen, denn er hatte nicht vor, seine schöne Gemahlin je wieder zu betrügen. Schlimm genug, dass er es überhaupt getan hatte.

Alberic ließ seinen Blick zurück zu seiner Mutter gleiten und er nahm ihr den Jungen aus den Armen.

„Ich habe keine Erinnerungen, Mutter", erklärte er ruhig. „Ich erhielt einen Schlag auf den Kopf. Alle meine Erinnerungen sind ausgelöscht. Ich beginne, einige Bilder zu sehen, seit ich hier bin, und ich hoffe, dass nach und nach alles zurückkommt, doch im Moment weiß ich kaum etwas von dem, was vor meiner Verwundung war. Jetzt entschuldige mich bitte. Ich habe meiner Gattin etwas zu erklären."

Gräfin Elenor starrte ihn mit offenem Mund an, doch sie brachte keinen Ton heraus. Alberic gab dem Jungen auf seinem Arm einen Kuss auf die Wange und der Kleine lächelte.

„Komm Cheldric, lass uns deine Mutter begrüßen."

Mit dem Kind auf den Armen überquerte er den Hof und hielt auf seine Gattin am Tor zu.

***

Gisela sah, wie Alberic dem Jungen einen Kuss gab, und ein Stich bohrte sich schmerzhaft in ihr Herz. Wie gern hätte sie Alberic einen Sohn geschenkt. Doch anscheinend brauchte er sie auch dazu nicht. Mit weichen Knien beobachtete sie, wie Alberic mit dem Jungen auf sie zukam, bis er dicht vor ihr stehen blieb. Der Junge hatte rotbraune

Locken und sie ging im Geiste durch, wer die Mutter des Kindes sein könnte.

„Gisela, darf ich dir Cheldric vorstellen?", sagte Alberic und schaute Gisela flehentlich in die Augen. „Cheldric, das ist deine Mutter Gisela. Sie war lange Zeit weg, aber jetzt bleibt sie hier bei uns. Was sagst du dazu?"

Der Junge schaute Gisela so strahlend an, dass ihr Herz schmolz, und sie streckte die Arme aus, um ihn entgegenzunehmen. Die kleinen dicken Ärmchen schlossen sich sofort um ihren Hals und sie drückte das Kind an sich. Sie warf Alberic einen kalten Blick zu, dann stapfte sie mit dem Kind davon.

„Ich könnte einen Becher Milch verkraften", sagte sie zu dem Jungen. „Was hältst du davon?"

„Mmimmi", sagte er begeistert und sie lachte.

Als sie bei Gräfin Elenor ankamen, nickte sie der Frau nur kurz zu und ging an ihr vorbei die Treppe hinauf. Eine Magd hielt ihr die Tür auf und sie durchquerte die Halle und bog in den Gang ab, der zur Küche führte.

„Emma, der junge Mann hier und ich brauchen einen Becher Milch", sagte sie zu der stämmigen Köchin.

Emma strahlte und nahm sofort zwei Becher vom Regal und schenkte Milch aus einer Kanne ein.

„Tut gut, dich zu sehen, Herrin", sagte die Köchin. „Ich hoffe, die Anwesenheit der Hex... der Gräfin ist jetzt nicht mehr vonnöten."

Gisela lachte.

„Sag es ruhig", meinte sie mit einem Augenzwinkern. „Hexe. Sie ist doch eine. Und ja, ich hoffe auch, dass ihre Anwesenheit jetzt überflüssig ist."

Sie setzte Cheldric auf den Tisch und hielt ihm den Becher an die Lippen. Der Junge trank in großen Schlucken.

„Langsam, junger Mann", warnte Emma. „Du verschluckst dich noch."

„Ist ... ist Fara noch hier?", fragte Gisela mit klopfendem Herzen.

Emma schüttelte den Kopf.

„Nein, sie ist schon lange weg. Gleich nach deinem Verschwinden setzte der Herr sie vor die Tür. Sie war zusammen mit Frau Genovefa für deine Entführung verantwortlich. Frau Genovefa hat sich kurz nach Cheldrics Geburt das Leben genommen und ..."

„Er ist Genovefas Sohn", unterbrach Gisela die Köchin aufgeregt.

„Ja, sie hat ihn mit in den Tod nehmen wollen, doch der Herr konnte das Kind auffangen. Seitdem hat er den Kleinen wie seinen eigenen Sohn aufgezogen. Er liebt den Jungen sehr."

Gisela starrte die Köchin an. Ihre Gedanken rasten. Das Kind war nicht Alberics, also gab es vielleicht gar keine andere Geliebte und Fara war weg. Dass er sich anscheinend liebevoll um das Kind seiner verräterischen Schwester gekümmert hatte, warf ein ganz anderes Licht auf ihren Gatten. Vielleicht hatte sie ihm Unrecht getan.

„Emma, ich ... Mir ist bewusst, dass es sich eigentlich nicht geziemt, eine solche Frage zu stellen, aber ..."

„Nur heraus damit", munterte Emma sie auf. „Was willst du wissen?"

„Seitdem Fara gegangen ist, hat mein Gatte da ..."

„Andere Frauen gehabt?", half Emma nach, als

Gisela zögerte.

Gisela nickte.

Emma schüttelte den Kopf.

„Nein, Herrin. Dein Gatte hatte sich vollkommen abgeschottet, nachdem er zurückgekommen war. Er trauerte um dich, als wärst du tot und nicht nur verschwunden. Cheldric war der Einzige, der ihn zum Lachen bringen konnte.“

Tränen liefen über Giselas Wangen. Die Köchin nahm Gisela den Becher aus der Hand und drückte ihr stattdessen einen Becher Ale hinein.

„Hier, das hilft dir jetzt mehr als Milch.“

„Danke“, schniefte Gisela und trank einen kräftigen Zug.

„Jetzt bist du ja wieder hier“, sagte Emma tröstend. „Nun kann alles wieder gut werden zwischen dir und dem Herrn.“

„Er ... er kann sich an nichts erinnern“, sagte Gisela verzweifelt.

„Was meinst du damit?“

„Er wurde im Kampf schwer verwundet und erhielt einen Schlag auf den Kopf. Seitdem hat er alle Erinnerung verloren. Er weiß nur, wer ich bin, weil man es ihm gesagt hat. Er wusste ja nicht einmal, wer er selbst war.“

„Gütiger Himmel!“, rief die Köchin erschrocken aus und schlug sich die Hand vor den Mund. „Das ist ja furchtbar.“

Gisela nickte.

„Ja, das ist es.“

„Vielleicht kommen die Erinnerungen zurück“, meinte Emma. „Das passiert oft. Hab Geduld und bete für seine Heilung.“

Gisela nickte erneut.

„Wo ... wo schläft der Junge?“, wollte sie wissen.
„Im Zimmer neben dem Herrn.“
„Ich bringe ihn jetzt in sein Zimmer und spiele ein wenig mit ihm.“
„Tu das, Herrin. Und versuch, nicht den Mut zu verlieren. Der Herr liebt dich, das weiß ich ganz bestimmt.“
Die Worte der Köchin hallten in Giselas Kopf nach, als sie sich auf den Weg zu Cheldrics Zimmer machte. Sie drückte das Kind fest an sich.
Der Herr liebt dich, das weiß ich ganz bestimmt!

***

Alberic durchquerte die Halle mit großen Schritten und eilte die Treppe hinauf. Wohin konnte Gisela mit dem Jungen verschwunden sein? In ihr Gemach? Sollte er sie erst einmal in Ruhe lassen? Die unausgesprochenen Probleme zwischen ihnen trieben ihn in den Wahnsinn. Er wollte nicht, dass sie unglücklich war oder wütend auf ihn. Er wollte viel lieber sie und jeden seidigen Zentimeter ihrer Haut küssen. Er wollte sich in ihrer süßen Hitze verlieren und ... Alberic blieb in dem dunklen Gang stehen, als ganz andere Bilder in seinem Kopf auftauchten. Er sah sie vor sich, nackt und gefesselt. Er spürte, wie er hart wurde, und er lehnte sich aufstöhnend gegen die Wand. War es das, was er mit seiner Frau getrieben hatte? Kein Wunder, wenn sie ihn hasste. Welcher Mann tat seinem zarten Weib so etwas an? War er nicht normal, dass ihn der Gedanke daran, sie in solch unterwürfiger Pose vor sich zu sehen, erregte?
„O mein Gott!“, keuchte er.

Er blickte an sich hinab, wo seine Erregung durch den dünnen Stoff seiner Hose mehr als deutlich zu sehen war. So konnte er ihr auf gar keinen Fall gegenübertreten. Er musste sich erst einmal irgendwie abkühlen.

Etwas später öffnete er die Tür zu Cheldrics Kammer neben seinem Gemach. Er wollte sehen, ob Gisela das Kind zurückgebracht hatte. Für gewöhnlich war seine Kinderfrau Mechthild mit ihm. Vielleicht hatte sein Weib Mechthild gefunden und ihr den Jungen überlassen. Das Bild, das sich ihm bot, als er die Kammer betrat, ließ ihn innehalten. Gisela war auf dem Sessel eingeschlafen, den Jungen auf ihrem Schoß. Beide sahen so friedlich aus im Schlaf, dass er sich die Zeit nahm, sie ausgiebig zu betrachten. Bilder tauchten vor seinem inneren Auge auf. Bilder von seinem Weib, wie sie zwischen den Kräuterbeeten hockte und zu ihm aufsah, ein amüsiertes Lächeln auf den Lippen. Oder wie sie nackt auf ihm saß, ihren Kopf im Rausch der Leidenschaft in den Nacken geworfen, ihre schwarzen Haare lose herabhängend. Es war offensichtlich, dass es eine Zeit gegeben hatte, in der sie glücklich miteinander gewesen waren. Er konnte sich nicht erklären, warum er sie betrogen hatte.

Aber ich war ... bin nicht, was du brauchst.

Was meinte sie nur damit? Wie konnte es sein, dass diese wunderschöne, leidenschaftliche Frau nicht war, was er brauchte? Was für ein Geheimnis hatte er über sich selbst noch nicht gelöst? Er seufzte leise. Vorsichtig trat er näher an Gisela und den Jungen heran. Er hob Cheldric aus dem Schoß seiner Gattin und legte den Jungen auf sein Bett.

Dann hob er seine Gemahlin aus dem Sessel und trug sie in sein Gemach, wo er sie auf seinem Bett ablegte. Er schloss die Zwischentür zu Cheldrics Kammer, dann zog er sich aus und legte sich neben Gisela. Er deckte sie beide zu und zog seine schlafende Gattin in seine Arme. Alles in ihm schrie danach, sie zu berühren, Liebe mit ihr zu machen, doch er durfte nicht riskieren, dass sie ihn abwies und alles noch schlimmer zwischen ihnen wurde. Er würde sich vorerst damit begnügen, sie nur in seinen Armen zu halten. Irgendwann überkam ihn der Schlaf und er träumte von Gisela.

Er stand neben einer seiner Stuten. Das Tier war hochtragend und er bürstete ihr seidiges Fell, bis es glänzte. Dabei murmelte er zärtliche Worte und das Pferd bewegte die Ohren hin und her, als es ihm lauschte. Als er Schritte hörte, blickte er auf. Gisela kam auf ihn zu.

„Ich muss mit dir reden“, sagte sie und ihre Stimme zitterte.

„Ich bin hier gleich fertig. Triff mich in der Halle“, erwiderte er und fuhr fort, die Stute zu striegeln. Er war jedes Mal nervös in ihrer Nähe. Seine dunklen Gelüste quälten ihn und er traute sich manchmal selbst nicht. Wenn er sich nur ein Mal vergaß, könnte er alles, was zwischen ihnen war, zerstören.

„Nein!“, rief sie plötzlich so fest, dass er erschrocken zu ihr aufblickte.

„Ist es so dringend?“, fragte er verunsichert.

„Ja! Es ist dringend!“, sagte sie und stemmte die Hände in die Hüften.

„Erzähl!“, forderte er und nahm seine Arbeit

wieder auf, um von seiner Unsicherheit abzulenken.

„O nein! Ich will, dass du mir in die Augen siehst!“, verlangte sie.

Er begegnete ihrem Blick.

„Ist es wahr, was Fara mir erzählt hat?“

Sein Puls beschleunigte sich bei dieser Frage.

„Ich war nicht mehr bei Fara, seitdem wir miteinander geschlafen haben, wenn es das ist, was dich beunruhigt. Ich streite nicht ab, dass ich vorher etwas mit ihr gehabt habe. Ich bin auch nur ein Mann. Ein Mann mit Bedürfnissen.“

„Richtig!“, erwiderte sie schneidend. „Bedürfnisse! Und zwar besondere Bedürfnisse, wie Fara mir mitteilte!“

„Sie hat es dir also erzählt, ja? Und was nun? Verachtest du mich? Ich kann nichts dafür, dass ich so empfinde!“

Sein Herz sank. Sie würde seine Bedürfnisse nie verstehen, nie akzeptieren können.

„Wie empfindest du denn?“, fragte sie. „Du hast mir nicht mit einem Wort gesagt, dass unser ... unser Zusammensein dich nicht befriedigen würde.“

Er seufzte.

„Es ist in höchstem Maße befriedigend, es ist nur ...“

„Was?“

„Es weckt in mir den Hunger nach mehr. Nach Dingen, die ich ... nicht haben kann.“

„Warum?“

„Weil ich so bin!“

„Das meine ich nicht!“, sagte sie. „Ich meine, warum kannst du es nicht haben?“

„Ich würde dir so was nicht antun!“

„Weil du denkst, es würde mich zerbrechen? Ich bin robuster, als ich aussehe."

„Gisela", sagte er gequält. „Meine Fantasien sind ... Ich will dich fesseln und Dinge mit dir tun ... Ein Mann sollte sein Weib nicht so behandeln. Lass unser Liebesleben so bleiben, wie es ist."

„Aber seine Magd kann man so behandeln?", fragte sie wütend.

„Das ist etwas anderes", knurrte er. „Ich will nicht mehr darüber reden."

„Nun gut!", sagte sie wütend. „Aber ich will, dass dieses Weib von hier verschwindet. Sie hat sich seit Tagen ungehörig benommen, aber heute hat sie dem Ganzen die Krone aufgesetzt!"

„Warum hast du nicht eher etwas gesagt?", wollte er wissen. „Ich hätte sie in ihre Schranken verwiesen."

„Das wird bei ihr nicht funktionieren. Ich will, dass sie geht, oder ich gehe!"

„Gisela. Sei doch vernünftig", bat er flehentlich. „Wenn ich sie vor die Tür setze, hat sie kein Dach mehr über dem Kopf und nichts zu essen. Es gibt weit und breit keine Anstellung für sie."

„Du wirst sie also nicht entlassen?", fragte sie kalt.

„Gib ihr noch eine Chance. Ich rede mit ihr. Wenn sie sich nicht ändert, dann entlasse ich sie. Doch wenn sie sich von nun an dir gegenüber mit Respekt verhält, dann bleibt sie."

Giselas warf ihm einen vernichtenden Blick zu und rauschte davon. Er starrte ihr hinterher. Ein Fluch glitt ihm über die Lippen.

***

Gisela erwachte langsam. Noch im Halbschlaf kuschelte sie sich dichter an den warmen Körper, der sich von hinten an sie presste. Ein Arm war um ihre Taille geschlungen und eine große Hand hatte sich um eine ihrer Brüste gelegt. Irritiert öffnete sie die Augen und versuchte, sich zu orientieren. Als die Erinnerungen in ihr wach wurden, wie sie mit Alberics Neffen auf dem Sessel eingeschlafen war, wurde ihr bewusst, dass sie sich in Alberics Gemach befinden musste. In seinem Bett! Und der warme, harte Körper, der sich an sie schmiegte, gehörte niemand anderem als ihrem Gatten. Was war geschehen? Hatte er sie ...? Nein, sie war vollständig bekleidet. Erleichterung durchflutete sie, mit einem leicht bittersüßen Nachgeschmack.

Sie bewegte sich vorsichtig, bemüht, sich aus der Umarmung ihres Gatten zu befreien. Dabei rieb sie mit ihrem Hinterteil gegen etwas Hartes und sie erstarrte.

„Wenn du so weitermachst, dann kann ich für nichts garantieren“, raunte ihr eine bekannte Stimme ins Ohr und sie erschauerte. Ihr Herz fing an zu klopfen.

„Dann ... dann lass mich los!“, verlangte sie mit leicht zittriger Stimme. „Du hattest kein Recht ...“

„Ich habe dich nur im Arm gehalten“, sagte er. „Ist das so schlimm für dich?“ Seine Stimme klang verletzt.

Er ließ sie los und sie rückte hastig von ihm ab und setzte sich auf. Sie hatte nicht vor, seine Frage zu beantworten. Sie war sich nicht einmal sicher, was die Wahrheit war. War es so schlimm, weil sie ihn hasste und seine Berührung nicht wollte? Oder hatte sie vielmehr Angst, seine Nähe könnte etwas in ihr erwecken, das sie mühsam begraben hatte?

„Warum hast du das getan?“, fragte sie, ohne ihn anzusehen. „Warum hast du mich hierhergebracht?“

„Weil ich mich nach dir gesehnt habe“, antwortete er leise. „Meine ... meine Erinnerungen kommen langsam zurück. Ich kann das alles noch nicht ordnen und ich weiß noch immer nicht so recht, was zwischen uns falsch gelaufen ist. Doch ich erinnere mich, dass ... dass wir glücklich gewesen waren.“ Er seufzte. „Wir haben uns geliebt, Gisela. Warum ist das alles verloren? Was hab ich getan? Bitte rede doch mit mir.“

Gisela spürte, wie ihr Tränen über die Wangen rannen. Seine Stimme klang so verletzt und verzweifelt, dass es an ihr Herz rührte. Was sollte sie tun? Sie konnte nicht mit ihm reden. Nicht über das.

„Was hast du damit gemeint, dass du nicht das wärst, was ich brauche?“, fragte er, als sie noch immer schwieg. „Ich verstehe das nicht.“

„Du ... du hast recht“, begann sie mit einem flauen Gefühl im Magen. „Wir waren glücklich. Zumindest dachte ich das, doch du warst rastlos. Nachts würdest du mich lieben und am Tag war es, als würdest du mich nicht kennen. Du gingst mir aus dem Weg. Dann fing Fara an, mich seltsam anzusehen, und ich stellte sie eines Tages zur Rede. Sie ...“ Gisela hielt inne und atmete tief durch. Die Erinnerung an Fara und das, was sie gesagt und getan hatte, war wie ein Giftpfeil, der sich durch Giselas Herz bohrte. „Sie erzählte mir, dass du Gelüste hättest. Gelüste, die ich nicht würde befriedigen können, und dass sie zuvor deine Geliebte war, dass sie deine Gelüste befriedigte. Ich stellte dich zur Rede und bat dich, sie rauszuwerfen, doch ... du weigertest dich.“ Gisela schluchzte leise.

„Was passierte dann?“, fragte Alberic gequält.

„Ich erwischte dich noch am selben Tag mit ... mit Fara. Sie kniete zu deinen Füßen und küsste deine Hose, wo ... wo ... *Verdammt!* Ich hätte alles getan, um dir zu genügen. Ich hatte dir angeboten, dass wir versuchen könnten ... dass ich bereit wäre ... Doch du wolltest es stattdessen weiter deiner Magd überlassen, sich um ... um deine Bedürfnisse zu kümmern!“ Gisela spürte Alberics Arm, der sich auf ihre Schulter legte, doch sie schüttelte ihn ab. „Ich weinte mich in den Schlaf. Dann ... in der Nacht kamen sie. Sie schlugen mich bewusstlos und als ich erwachte, war ich auf einem Schiff. Ich dachte, dass du dahinterstecken würdest. Damit du mit deiner Geliebten freie Bahn hattest. Ich ... ich weiß bis heute nicht, was ich glauben soll.“

„Ich mag mich noch nicht an alles erinnern“, sagte Alberic leise. „... doch ich weiß, dass ich das niemals tun würde. Ich habe dich nicht entführen lassen. Und ich bin mir sicher, dass ich dir niemals wehtun wollte. Es ... es tut mir so schrecklich leid. Ich ...“

Gisela erstarrte, als sie ihn hinter sich schluchzen hörte. Sie hätte nie für möglich gehalten, dass ihr Gatte fähig wäre, zu weinen.

„Bitte, verzeih mir“, flüsterte er. „Bitte, Gisela. Verzeih mir!“

Gisela war verwirrt und verletzt. Sie fühlte sich, als ob jemand ihr Herz in Stücke gerissen hätte. Sie wollte ihm gern vergeben, doch sie war auch furchtbar verunsichert. Was, wenn er sie wieder betrügen, sie wieder verletzen würde?

„Bitte“, hörte sie ihn so leise, dass sie nicht sicher

war, ob sie es sich nicht nur einbildete.

Mit einem Schluchzen sprang sie vom Bett und floh aus dem Raum.

Kapitel 12

Drei Monate waren seit ihrer Ankunft auf Burg Trugstein vergangen und Alberic war ihr aus dem Weg gegangen. Einerseits war sie erleichtert darüber, doch ein kleiner Teil in ihrem Inneren sehnte sich nach ihm. Sie hatte keine Ahnung, warum sie ihm nicht einfach vergeben konnte. Die Tatsache, dass er nach ihrem Gespräch im Stall immer noch in der Lage gewesen war, zu Fara zu gehen um seine Bedürfnisse zu befriedigen, verletzte sie mehr als alles andere.

Die meiste Zeit verbrachte Gisela mit Cheldric oder mit Gartenarbeit. Gräfin Elenor war am Morgen nach ihrer Ankunft abgereist und der ganze Haushalt schien aufzuatmen. Nach und nach lebte sich Gisela wieder auf der Burg ein und ging ihren gewohnten Pflichten rund um die Überwachung des Haushalts nach.

Heute hatte sie angeordnet, dass die große Halle gereinigt und neue Binsen eingestreut wurden. Jetzt stand sie am Eingang und überwachte das geschäftige Treiben.

„Die Wandvorhänge müssen auch ausgeklopft werden“, sagte sie zu ein paar Mägden.

„Kann ich mit dir reden?“, erklang Alberics Stimme hinter ihr und sie zuckte erschrocken zusammen. Langsam drehte sie sich zu ihm um.

„Was hast du mit mir zu bereden?“, fragte sie, ohne ihn direkt anzusehen.

„Nicht hier“, meinte er und deutete ihr, ihm zu folgen.

Sie gingen um das Gebäude herum zu der Bank im hinteren Teil des Gartens. Sie setzten sich und ein unangenehmes Schweigen stand eine geraume Weile zwischen ihnen, ehe Alberic es endlich brach.

„Ich kann so nicht weiterleben“, sagte Alberic fest. „Ich hatte gehofft, dass du es in deinem Herzen finden würdest, mir zu vergeben und neu mit mir anzufangen. Wie es aussieht, wird sich diese Hoffnung nicht erfüllen. Ich überlege, für eine Weile zu verreisen, um Abstand zu gewinnen. Ich kann es nicht ertragen, dich jeden Tag zu sehen und mich nach dir zu sehnen, ohne Hoffnung, dich je wieder in meinen Armen zu halten.“

Giselas Herz schmerzte bei dem Gedanken daran, dass er für längere Zeit nicht auf der Burg weilen würde. Was, wenn ihm auf seinen Reisen etwas widerfuhr? Ihm könnte alles Mögliche geschehen und sie würde ihn vielleicht nie wieder sehen.

„Ich habe mich heute Morgen an den Moment erinnert, als du mich mit Fara erwischt hast“, erzählte Alberic. „Ich habe dich nicht betrogen, Gisela. Es war alles ein furchtbares Missverständnis. Ich weiß, dass du mir nicht glauben wirst, dennoch möchte ich es dir erzählen, ehe ich gehe.

Nachdem du aus dem Stall gerannt warst, bin ich zu Fara, um mit ihr zu reden. Ich wollte ihr die Gelegenheit geben, ihr Verhalten dir gegenüber zu ändern, ehe ich zu so einer drastischen Maßnahme greifen und sie vor die Tür setzen würde. Ich sagte ihr auch, dass ich nicht vorhatte, sie je wieder anzufassen. Ich liebte dich und ich habe dich nicht betrogen, seitdem wir das erste Mal miteinander gelegen hatten.

Wie auch immer. Fara wollte das so nicht akzeptieren. Sie fing an zu betteln und ich wollte sie von mir schieben, doch sie fiel vor mir auf die Knie. Ich gebe zu, dass ich erregt war, sie wusste, was sie zu tun hatte, um diesen Zustand in mir hervorzurufen. Doch es war nicht sie, die ich wollte. Ich wollte dich, Gisela. Ich packte sie bei den Haaren, wollte sie auf die Füße ziehen, damit sie aufhörte, doch in genau diesem Moment kamst du. Ich sah deinen verletzten Blick und ich wusste, wie das alles für dich aussehen musste. Mein Gott, Gisela, wenn ich dich in einer solchen Lage mit einem Mann vorgefunden hätte, dann hätte ich wahrlich auch Mühe gehabt, etwas anderes zu glauben als das, was es anscheinend bedeutete. Doch ich schwöre, dass ich nicht vorhatte, es mit ihr ... ich meine, ich hätte sie nicht angefasst."

Gisela saß bebend neben ihm und wusste nicht, was sie denken oder sagen sollte. Sie wollte ihm so gern glauben, doch es fiel ihr schwer.

Alberic erhob sich, um zu gehen. Nach ein paar Metern blieb er stehen, ohne sich umzudrehen.

„Ich reise in zwei Stunden ab. Leb wohl, Gisela. Ich liebe dich, werde dich immer lieben."

Er setzte seinen Weg fort und Giselas Herz zerbrach in tausend Einzelteile.

„Alberic", flüsterte sie tonlos. Tränen liefen ihr über die Wangen. „Geh nicht." Doch er war zu weit weg und ihre kraftlose Stimme erreichte ihn nicht.

***

Alberic ging einen Schritt nach dem anderen. Sein Herz war taub. Alles, was er war, alles, was er fühlte, existierte nicht mehr. Er war tot. Die einzige Frau, die je sein Herz berührt hatte, konnte ihm nicht vergeben. Er hätte gleich auf ihre Bitte hören und Fara der Burg verweisen sollen. Er hätte der falschen Schlange keine Möglichkeit geben dürfen, ihn so zu bedrängen und in eine so kompromittierende Lage zu bringen. Jetzt hatte er seine einzige Chance auf Glück verloren. Der Schmerz in den schönen Augen seiner Gattin hatte sein Herz endgültig zerschmettert. Wie sollte sie ihm vergeben können, wenn er sich selbst nicht vergeben konnte?

Sag etwas, flehte er im Stillen. *Bitte, Gisela. Sag irgendetwas!*

Doch sie blieb stumm und er setzte einen Fuß vor den anderen.

„Willst du wirklich nicht, dass ich mit dir komme?", fragte Tassilo und schaute Alberic besorgt an.

„Nein", sagte Alberic rau. „Ich brauche dich hier. Pass gut auf Gisela und den Jungen auf."

„Das tu ich, mein Freund", sagte Tassilo und legte Alberic eine Hand auf die Schulter. „Ich wünschte nur, du würdest ihr mehr Zeit geben. Dir ist bewusst, dass du vor deinen Problemen davonläufst?"

Alberic schaute zur Seite.

„Ich weiß", gab er mit gebrochener Stimme zu.

„Aber ich kann nicht in ihrer Nähe sein, ohne sie zu berühren. Ich habe Angst, dass ich ... dass ich eines Tages die Kontrolle über mich verliere und dann ... Ich muss gehen. Dann hat sie Zeit, über alles nachzudenken. Es gibt nichts mehr, was ich ihr noch sagen kann, um sie zu überzeugen, dass ich sie liebe und nicht betrogen habe. Ich habe ihr alles gesagt. Aber sie hat mir nicht vergeben können."

„Pass auf dich auf", sagte Tassilo und trat einen Schritt zurück, damit Alberic seinen Hengst besteigen konnte.

Die Wachen öffneten das Tor. Alberic warf einen letzten Blick auf die Burg und hoch zu dem Fenster von Giselas Zimmer. Sie war nicht zu sehen. Es tat weh, dass seine Abreise sie nicht einmal so weit interessierte, dass sie ihm nachblickte. Mit einem Seufzer wendete er sein Pferd und galoppierte vom Hof. Das Tor schloss sich hinter ihm und er trieb sein Pferd zu einem halsbrecherischen Tempo an. Er wollte die Burg so schnell es ging hinter sich lassen. Was er nicht hinter sich lassen konnte, war der Schmerz, der kam mit ihm und fraß an seinen Eingeweiden.

***

Gisela trat einen Schritt zur Seite, als Alberic den Blick zu ihrem Fenster hob. Ihr Herz klopfte wie wild. Es erschien ihr beinahe unmöglich, wie es überhaupt noch klopfen konnte, wo es doch in tausend Stücke zerbrochen war. Als sie erneut einen vorsichtigen Blick in den Hof wagte, sah sie, wie Alberic durch das Tor galoppierte. Die Tränen, die sie so lange zurückgehalten hatte, liefen ihr nun ungehemmt über die Wangen. Er war wirklich fort. Warum sollte er auch nicht? Hatte sie doch nichts unternommen, um ihn aufzuhalten. Ein Wort von ihr hätte genügt, das wusste sie, doch sie war wie erstarrt gewesen. Jetzt war es zu spät.

„Nein!“, rief sie schluchzend aus.

Mit einem Aufschrei stürzte sie aus dem Raum, den Flur entlang und die Treppe hinab. Die Männer in der Halle starrten sie verwundert an. Sie nahm jedoch keine Notiz von ihnen und rannte durch die Halle ins Freie.

„Ich sagte, sattle mir meine Stute“, beharrte Gisela und stemmte wütend die Hände in die Hüften.

Thomas, einer der Stallknechte, fühlte sich sichtlich unwohl in seiner Haut. Er blickte Gisela flehentlich an.

„Bitte, Frau Gisela, ich habe meine Anweisungen“, sagte er eindringlich. „Wenn du die Burg verlassen willst, musst du zwei Begleiter mitnehmen. Es ist doch nur zu deiner Sicherheit.“

„Von wem stammen diese idiotischen Anweisungen?“, wollte sie wissen. „Von meinem Gatten?“

„Ja, Herrin.“

„Bitte, Thomas“, flehte Gisela. „Ich muss meinem Gatten hinterher. Ich ... ich muss ihn aufhalten.“

„Tut mir leid, Herrin. Ich kann dir nicht helfen.“

Mit diesen Worten ließ der Knecht sie stehen, um weiter die Pferde zu füttern. Gisela war vollkommen außer sich. Was sollte sie jetzt tun? Sie musste irgendwie Alberic hinterher.

Sie hörte die Stimme von einem weiteren Knecht und ihrem Instinkt folgend, versteckte sie sich hinter ein paar Kisten und lauschte.

„Ich muss ins Dorf reiten. Meiner Mutter geht es schlechter“, sagte der Knecht, den Gisela an der Stimme als Grimald identifizierte. Ein schmächtiger Bursche, der ungefähr ihre Größe und Figur hatte.

„Dann mach dir den Braunen fertig“, antwortete Thomas.

Giselas Blick fiel auf ein Stück Kantholz unweit von ihr und eine Idee formte sich in ihrem Kopf. Sie hangelte nach dem Holz und wartete, bis Grimald sein Pferd gesattelt hatte. Mit klopfendem Herzen schlich sie sich von hinten an ihn heran und schlug ihm das Kantholz über den Kopf. Sie hoffte, dass sie nicht zu hart zugeschlagen hatte. Vorsichtig kniete sie neben der bewusstlosen Figur nieder. Sie konnte kein Blut sehen und sein Puls schlug regelmäßig.

Hastig zog sie ihm Hose und Tunika aus und wechselte von ihrem kostbaren Gewand in die einfachen Kleidungsstücke des Knechtes. Sie setzte sich seinen Hut auf den Kopf und stopfte ihre Haare darunter. Die Verkleidung musste überzeugend genug sein, dass sie es an Thomas vorbei und durch das Tor schaffte. Ihr Blick fiel auf den bewusstlosen Grimald. Sie musste ihn irgendwie aus dem Weg schaffen. Wenn jemand zu den Pferden im hinteren Teil wollte, würde er über den Knecht stolpern. Sie fasste den Jungen bei den Armen und schleifte ihn hinter die Kisten, wo sie sich bis vor Kurzem versteckt hatte. Dann ging sie zu dem Pferd und führte es durch die Stallgasse zum Ausgang. Thomas stand mit dem Rücken zu ihr.

„Alles Gute für deine Mutter“, sagte Thomas.

„Hmpf“, brummte Gisela mit tiefer Stimme. Atemlos wartete sie darauf, dass Thomas sich umdrehen würde, weil er an ihrer Stimme erkannt hatte, dass sie es war und nicht Grimald, doch er ging weiter seiner Arbeit nach. Erleichtert führte sie das Pferd nach draußen und saß auf.

Als sie auf das Tor zuritt, betete sie leise, dass die Wachen sie durchlassen würden. Sie hatte den Kopf gesenkt und versuchte, möglichst normal zu wirken und sich ihre innere Anspannung nicht anmerken zu lassen. Ihr Herz klopfte so laut, dass sie befürchtete, man könnte es hören. Doch die Wachen öffneten das Tor ohne weitere Nachfragen und sie ritt leise aufatmend hindurch.

„Warte!“, erklang plötzlich die Stimme einer der Wachen und Gisela meinte, ihr Herz sei stehen geblieben. Sie überlegte für einen Moment, das Pferd anzutreiben und davonzureiten, doch man würde sie binnen weniger Minuten eingeholt haben. Also zügelte sie ihr Pferd und wartete.

„Kannst du bei meiner Familie vorbeischauen und ihnen sagen, dass ich erst nächsten Freitag zu ihnen kommen kann?“, bat die Wache und Gisela wäre vor Erleichterung beinahe in ein hysterisches Gekicher ausgebrochen.

„Klar!“, antwortete sie im Brummton.

„Danke.“

Gisela zuckte mit den Schultern und trieb ihr Pferd an zu einem flotten Trab. Sie schlug den Weg zum Dorf ein, da es sonst auffallen würde, doch sie wusste, dass ihr Gatte nach Norden geritten war, und so änderte sie ihren Weg, sobald sie außer Sichtweite war. Sie hoffte, Alberic in den nächsten zwei oder drei Tagen eingeholt zu haben. Da sie Alberic und Tassilo belauscht hatte, kannte sie das erste Ziel ihres Gatten. Doch wenn sie ihn nicht einholen konnte, ehe er das Schiff bestieg, dann wäre alles verloren.

***

Alberic ritt ein wenig langsamer. Er hatte bemerkt, dass er seit ein paar Stunden verfolgt wurde. Es schien sich nur um einen einzelnen Reiter zu handeln oder er war die Vorhut eines Reitertrupps. Bisher war die Reise ruhig verlaufen und er war niemandem begegnet. Morgen würde er sein Ziel erreicht haben. Er wollte so weit wie möglich von Trugstein fort, in der Hoffnung, sein Weib endlich vergessen zu können. Doch bisher schien es eher so, als ob mit jeder Meile, die er zurücklegte, seine Sehnsucht stärker würde. Die einsamen Nächte am Lagerfeuer waren unerträglich gewesen.

Der Reiter verfolgte ihn noch immer. Es wurde bald dunkel und so beschloss Alberic, sich nach einem Schlafplatz umzusehen. Für den Fall, dass sein Verfolger wirklich etwas im Schilde führte, konnte er sich auf etwas gefasst machen.

Nach einer weiteren Meile hatte er einen guten Platz für sein Nachtlager gefunden. Er versorgte sein Pferd an einem kleinen Bach und richtete sich seinen Schlafplatz ein.

Wer auch immer ihn verfolgte, war nicht geübt in Anschleichen. Alberic konnte die Zweige knacken hören, als der Gauner sich an ihn heranzupirschen versuchte. Alberic stellte sich schlafend und wartete. Trotz geschlossener Augen wusste er, dass die Person sich jetzt über ihn beugte. Er ließ einen Arm hochschnellen und zog den Kerl zu sich herunter. Er rollte sich über den Angreifer, die Hände um den dünnen Hals des Schurken gelegt. Er konnte nicht viel ausmachen in der Dunkelheit, doch die Gestalt war klein und zierlich. Es musste sich um einen jungen Burschen handeln. Deswegen war er so unerfahren.

„Alberic! Nicht!"

Alberic erstarrte, als er die Stimme erkannte. Er lockerte den Griff um die Kehle seiner Gattin, nahm die Hand jedoch nicht weg.

„Was zum Teufel tust du hier?", knurrte er ungehalten.

„Bitte", schluchzte sie.

„Gisela, ich habe dich etwas gefragt", sagte er in warnendem Tonfall. „Was tust du hier? Wo sind die anderen? Wer ist noch mit dir?"

„Ich ... ich b-bin a-allein", stammelte sie.

Alberic versuchte, seine widerstreitenden Gefühle unter Kontrolle zu bringen. Freude, sie wiederzusehen, Ärger, dass sie das Risiko eingegangen war, ihm allein zu folgen, und Erleichterung, dass ihr nichts passiert war. Er mochte gar nicht dran denken, was ihr unterwegs alles hätte geschehen können. Der Gedanke, sie könnte jetzt irgendwo geschändet und mit durchschnittener Kehle am Wegesrand liegen, schnürte ihm die Kehle zu.

„Wer hat dich gehen lassen? Ich habe Anweisungen gegeben ..."

„Ich bin abgehauen. Sie dachten ... sie dachten, ich wäre ... Grimald."

„Warum bist du hier?", fragte er erneut. „Wenn es etwas Wichtiges ist, dann hättest du einen Boten schicken können. Wie konntest du dein Leben so leichtsinnig aufs Spiel setzen?“

„Was ich dir zu sagen habe, kann ... kann kein Bote dir berichten. Ich ... ich musste dich selbst sprechen.“

„Und was ist das?“, fragte Alberic mit klopfendem Herzen.

„Es ... es tut mir ... leid. Ich ... ich hab ... Ich wollte nicht ... dass du gehst.“ Sie zitterte unter ihm und er löste seine Hände von ihr, um sie in seine Arme zu ziehen. „Ich ... ich liebe dich, Alberic“, schluchzte sie.

***

Gisela schmiegte sich an Alberics breite Brust. Es tat so gut, ihn wieder zu spüren und seinen vertrauten Geruch einzuatmen.

„Gisela“, murmelte er. „Es tut mir so leid.“

„Mir tut es leid“, schniefte sie. „Ich ...“

„Sshhh“, machte er und hielt sie auf Armeslänge, um sie anzusehen. „Ich schwöre dir, dass du die einzige Frau in meinem Leben bist. Seit dem Tag, an dem ich dich das erste Mal in meinen Armen gehalten habe, hast du mich für alle anderen Frauen verdorben. Du bist mir wichtiger als irgendwelche Spielchen. Ich kann ohne sie leben, aber ich kann nicht ohne dich leben.“

Sie schauten sich in die Augen und Gisela wusste, dass er es ehrlich meinte. Sie hob eine Hand und legte sie in seinen Nacken, um ihn zu sich heranzuziehen.

„Liebe mich“, bat sie flüsternd.

Sein Mund presste sich verlangend auf ihren und

er stöhnte leise auf, als sie die Lippen öffnete und ihre Zungenspitze neckend über seine Oberlippe gleiten ließ. Er öffnete seinen Mund etwas und lockte sie mit seiner eigenen Zunge. Seine Hände machten sich an ihrer Tunika zu schaffen, während Gisela ihre Hände unter seine Tunika schob und über seine Rückenmuskeln gleiten ließ. Hastig halfen sie sich gegenseitig beim Entkleiden, lösten ihre Münder dabei nur, wenn es unbedingt notwendig war. Nackt und wild küssend, ließen sie sich auf Alberics Lager gleiten.

„Ich kann jetzt nicht sanft sein“, raunte Alberic entschuldigend.

„Rede nicht“, keuchte Gisela. „Ich brauch dich. Jetzt!“

Alberic ließ sich nicht zwei Mal bitten und ließ eine Hand zwischen ihre Schenkel gleiten. Als er sie feucht und bereit vorfand, drängte er sich zwischen ihre Schenkel und nahm sie mit einem kräftigen Stoß in Besitz. Gisela krallte ihre Finger in seinen Rücken und biss ihn in die Schulter. Sie spürte, wie Tränen über ihre Wangen liefen, doch diesmal waren es Glückstränen.

„Tu ich dir weh?“, fragte Alberic besorgt und hielt inne.

„Nein“, schluchzte sie. „Ich dachte, ich würde ... dich ... nie wieder ...“

„Sshhh, ich geh nie wieder fort“, versprach Alberic und begann, sich erneut mit tiefen, festen Stößen in ihr zu bewegen.

Gisela spürte, wie sie langsam auf den Gipfel zustrebte, doch etwas fehlte noch. Alberic schien genau zu wissen, was sie brauchte, denn er ließ eine Hand zwischen ihre Körper gleiten und fand die kleine, verborgene Perle. Es brauchte nur einige harte, kreisende Bewegungen, um sie über die Klippe zu katapultieren, und ihr Schoß zog sich um ihn herum zusammen. Er warf den Kopf in den Nacken und brüllte seinen eigenen Höhepunkt in die Nacht hinaus.

Alberic rollte sich schwer atmend neben sie und zog sie in seine Arme. Gisela fühlte sich erschöpft, aber glücklich. Als sie vor beinahe fünf Jahren die Bestie von Trugstein geheiratet hatte, hätte sie sich nie vorstellen können, ihren Gatten einmal zu lieben.

„Damals in unserer Hochzeitsnacht“, begann Gisela leise. „Da hatte ich solche Angst vor dir. Den ganzen Tag seit der Zeremonie hatte ich mir vorgestellt, was für furchtbare Dinge du mir antun würdest. Das Letzte, mit dem ich gerechnet hatte, war, das, was du getan hast. Und obwohl ich solche Angst vor dir hatte, fühlte ich mich durch dein Verhalten irgendwie verletzt. Ich habe mich drei Jahre lang gefragt, warum du mich nicht wolltest.“

„Du warst so jung“, antwortete Alberic ebenso leise. „Ich gehöre nicht zu der Sorte Männer, denen es Spaß macht, jungen Mädchen die Unschuld zu rauben. Außerdem bist du so verdammt zierlich. Ich hatte Angst, wenn ich dich berühre, würde ich dich zerbrechen.“

„Hast du diese Angst immer noch?“

„Ein wenig“, gab Alberic zu. „Manchmal habe ich Angst, ich könnte zu grob mit dir sein. Das Letzte, was ich tun will, ist, dich zu verletzen.“

„Ich bin längst nicht so zerbrechlich, wie du denkst“, sagte Gisela fest. „Ich bin sicher, ich könnte dich zufriedenstellen, wenn du mich nur lassen würdest."

„Du stellst mich zufrieden, Gisela", beteuerte er. „Denk nie, dass du mich nicht befriedigen würdest. Diese ... diese Fantasien sind Fantasien. Ich kann ohne sie leben."

„Das ist eine Lüge und das weißt du auch", widersprach sie. „Du hast mich jede Nacht mehrmals geliebt und trotzdem warst du rastlos. Denkst du, ich hätte nicht bemerkt, dass du oft nachts aufgestanden bist?"

Alberic schwieg und Gisela richtete sich auf, um auf ihn herabzusehen. Es war zu dunkel, um seine Züge genau zu erkennen, doch sie sah das feuchte Glitzern in seinen Augen.

„Du weinst", stellte sie flüsternd fest. „Warum?"

„Du verdienst einen besseren Mann als mich", antwortete er gequält.

„Nein! Du bist mehr, als ich verdiene", erwiderte sie. „Du bist bereit, dir deine innere Natur zu verweigern, nur um mir nicht wehzutun. Doch das musst du nicht. Ich will wissen, wie es ist, wenn du mich so liebst, wie du es dir in deinen Fantasien vorstellst."

„Reden wir nicht mehr darüber", beharrte er stur. „Wir sollten jetzt schlafen. Morgen früh machen wir uns auf den Rückweg. Wenn wir beide zu lange fort sind, kommt noch jemand auf die Idee, meine Mutter zurückzuholen."

„Iiihhh!", quietschte Gisela. „Das wäre furchtbar."

Kapitel 13

Sie waren seit zwei Wochen wieder zurück auf Burg Trugstein und alles war wie in einem Märchen. Oder zumindest fast alles. Alberic war aufmerksamer und liebevoller als je zuvor. Er verbachte viel Zeit mit ihr und Cheldric. Sie machten Picknick am See, gingen zum Jahrmarkt oder besuchten die Katzenkinder in der Scheune. Nachts liebte er Gisela, mal sanft und zärtlich, mal leidenschaftlich und wild. Doch wenn er glaubte, dass sie schlief, stand er auf und verschwand manchmal für Stunden. Obwohl Gisela absolut sicher war, dass er in der Zeit nicht zu einer anderen Frau ging, so fühlte sie sich dennoch betrogen. Er wollte ihr einfach nicht die Chance geben, ihm zu geben, was er brauchte.

„Was ist mit dir?“, fragte Alberic und warf ihr einen besorgten Blick zu. „Du hast dein Essen noch gar nicht angerührt. Ist dir nicht gut?“

„Ich weiß nicht. Ich fühle mich tatsächlich etwas schwach heute und der Gedanke an Essen widert mich an. Vielleicht brüte ich irgendeine Krankheit aus.“

„Oder ein Kind?“, fragte Alberic hoffnungsvoll.

Gisela schüttelte den Kopf.
„Nein, für morgendliche Übelkeit wäre es noch zu früh. Das weiß ich von Ylfa."
„Willst du nicht wenigstens etwas probieren?"
„Nein", wehrte Gisela ab. „Vielleicht später."
Sie nahm den Teller und rief einen der Hunde, der vor der Feuerstelle lag.
„Komm, mein Guter. Lass es dir schmecken", sagte sie und stellte dem Hund den Teller auf den Boden.
Freudig machte der Hund sich über das Essen her und leckte sich anschließend genüsslich den Bart ab. Er lief um den Tisch herum und fing plötzlich an zu torkeln. Er winselte und alle starrten auf den Hund, der anfing, sich im Kreis zu drehen und zu wimmern, ehe er kraftlos zusammenbrach. Gisela schlug sich die Hand vor den Mund.
„O mein Gott!", rief sie aus. „Was ist mit ihm?"
Alberic und Tassilo waren aufgesprungen und sahen sich grimmig an.
„Gift!", sagte Tassilo und Alberic nickte finster.
„Gift?", rief Gisela erschrocken aus. „Du meinst ...?"
„Jemand wollte dich vergiften", knurrte Alberic. „Wenn es dir heute nicht so schlecht gegangen wäre, dann wärst du jetzt tot."
Gisela schlug sich die Hand vor den Mund und erstickte den Schrei, der aus ihrem Mund kam.
„Odo! Dudon! Ihr führt meine Gattin und Cheldric hinauf in unser Gemach. Bleibt bei ihnen und beschützt sie mit eurem Leben. Habt ihr verstanden? *Niemand*, und ich meine *niemand*, außer euch darf in ihre Nähe. Bis wir wissen, was hier vor sich geht, stehen alle in der Burg unter

Verdacht.“

Die beiden Männer nickten und erhoben sich.

„Komm, Frau Gisela“, sagte Odo. Er reichte Gisela den Arm, während Dudon den Jungen auf seine Arme hob.

Gisela warf einen ängstlichen Blick auf Alberic.

„Geh schon. Ich werde herausfinden, wer hierfür verantwortlich ist“, schwor Alberic. Er gab Cheldric einen Kuss auf den Scheitel und küsste Gisela auf die Wange, dann wandte er sich ab und gab Anweisungen an die Männer.

Gisela ließ sich von Odo nach oben führen. Sie bemühte sich, Cheldric nicht zu zeigen, wie beunruhigt sie war. Sie spielte mit dem Jungen, doch die ganze Zeit war sie in Gedanken bei den erschreckenden Ereignissen. Wenn sie ihr Essen heute gegessen hätte, dann würde sie jetzt tot auf den Binsen in der Halle liegen und nicht der arme Hund. Ein noch schrecklicherer Gedanke kam ihr. Es hätte auch Cheldric treffen können. Sie fragte sich, wie das Ganze passiert war. War es Absicht gewesen, dass es sie getroffen hatte? Welche Speise war vergiftet gewesen? Von dem Kohl hatte sie nichts genommen, ebenso wenig von dem Fisch. Das Fleisch? Oder das Brot? Sie hatte sich von dem Brot selbst etwas abgebrochen. Wäre es das Brot gewesen, dann müsste der Rest von dem Brot ebenfalls vergiftet sein und das hieße, dass auch noch mindestens eine weitere Person davon hätte essen müssen. Also musste es das Fleisch gewesen sein, denn das hatte eine der Mägde ihr vorgelegt. Sie versuchte zu überlegen, wer es gewesen war.

„Ich weiß, wer es war!“, rief sie plötzlich aus und Odo und Dudon blickten sie alarmiert an.

„Es war eine neue Magd, die mir das Fleisch aufgelegt hat. Sie ist erst seit vier Tagen bei uns. Sie muss es gewesen sein. Nur wer das Fleisch vergiftet hatte, konnte wissen, welches Stück das Gift enthielt. Wenn dics ein gezielter Anschlag auf mich war, dann kann es nur die neue Magd gewesen sein."

„Verdammt!", murmelte Odo.

„Ich komme hier allein zurecht", sagte Dudon. „Geh und sag dem Herrn, was die Herrin vermutet."

***

„Wer hat dir beim Kochen geholfen?", fragte Alberic die sichtlich schockierte Köchin.

„Nur Ogiva, wie immer", antwortete Emma. „Aber wenn das Essen vergiftet wurde, warum hat es dann nur das Essen der Herrin getroffen?"

„Das ist eine Frage, die ich mir auch stelle", sagte Tassilo.

„Wer hat meine Gattin bedient?"

„Ich weiß es nicht. Es waren zwei Mägde in der Halle. Eine war Ansgard und die andere war die Neue, Moschia."

„Neue? Seit wann ist sie hier?"

„Nur ein paar Tage, Herr", antwortete Ogiva.

„Herr", rief Odo, der atemlos in die Küche geplatzt kam. „Die Herrin, sie hat ..."

„Ist ihr etwas geschehen?", fragte Alberic alarmiert.

Odo schüttelte den Kopf und Alberic atmete erleichtert auf.

„Nein, sie hat einen Verdacht", erklärte Odo. „Da ist eine neue Magd, die ihr das Fleisch vorgelegt hat."

„Wir waren auch gerade bei dieser Erkenntnis angelangt", sagte Alberic grimmig. „Wo ist diese Moschia?"

„Ich habe keine Ahnung", sagte Emma und auch Ogiva schüttelte den Kopf.

„Ich will, dass die ganze Burg abgesucht wird", sagte Alberic zu Odo und Tassilo. „Keiner darf mehr das Tor passieren. Weder hinaus noch hinein."

Odo und Tassilo verließen die Küche, um Alberics Befehl weiterzuleiten. Alberic wandte sich an Emma, die noch immer vor Schreck ganz bleich im Gesicht war.

„Emma, hat die Neue Zutritt zur Speisekammer gehabt?"

Emma schüttelte bestürzt den Kopf.

„Nein, Herr. Ich habe den Schlüssel nicht aus der Hand gegeben."

„Gut. Dann werdet ihr beiden jetzt alle Lebensmittel, Gewürze und Flüssigkeiten, die sich hier in der Küche befinden, in einen Sack packen. Ich werde ihn von einem der Männer entsorgen lassen. Wir können nicht sicher sein, was alles noch vergiftet sein könnte. Wenn die Speisekammer stets verschlossen war, dann sind die Vorräte darin sicher. Doch alles, was sich außerhalb der Speisekammer befindet, muss fort!"

Emma nickte.

„Jawohl, Herr. Ogiva und ich machen uns sogleich an die Arbeit."

„Ich werde jetzt nach meiner Gattin und dem Jungen sehen."

***

Schritte näherten sich und Dudon griff nach seiner Waffe. Gisela zog Cheldric auf ihren Schoß und drückte ihn fest an sich. Ihr Herz klopfte wild. Gab es außer der neuen Magd noch weitere Menschen auf der Burg, die ihr Böses wollten?

Es klopfte.

„Ich bin es“, erklang Alberics Stimme und Gisela atmete erleichtert auf.

Dudon schritt zur Tür und öffnete den Riegel, um Alberic hereinzulassen. Die Miene ihres Gatten war grimmig, doch sie glättete sich ein wenig, als sein Blick auf sie und den Jungen fiel.

„Habt ihr sie?“

Er schüttelte den Kopf.

„Wir suchen in diesem Moment nach ihr“, antwortete Alberic. „Ich möchte, dass ihr weiterhin hier drinnen bleibt, bis wir sie entweder haben oder wissen, dass sie nicht mehr da ist.“

„Kann ... kann es noch weitere Verräter geben?“, sprach Gisela ihre Bedenken aus.

„Ich denke nicht“, antwortete Alberic. „Die Magd war die einzige Neue in der Burg. Alle anderen sind schon länger bei uns.“

„Gut“, sagte Gisela erleichtert.

Alberic trat an das Bett und schloss Gisela und Cheldric in seine Arme.

„Ich liebe euch beide“, sagte er leise und gab beiden einen Kuss auf den Scheitel.

„Ich liebe dich auch“, flüsterte Gisela.

„Ich muss jetzt wieder gehen. Ich komme, sobald ich Neuigkeiten habe.“

Eine Woche war vergangen und von der

Attentäterin war weit und breit keine Spur zu finden. Die Frau war wie vom Erdboden verschluckt. Nachdem der Schrecken ein wenig verklungen war, ging alles wieder seinen gewohnten Gang. Gisela genoss Alberics zärtliche Aufmerksamkeit, doch des Nachts war er noch immer rastlos. Der Wunsch, ihren Gatten vollkommen zu befriedigen, wuchs in ihr und auch die Neugier wuchs. Sie war nicht mehr die verschüchterte kleine Jungfrau. Sie genoss Sex mit Alberic und sie liebte es, wenn er sich hin und wieder im Rausch der Leidenschaft vergaß und sie ein wenig rauer anpackte. Es waren nur kurze Momente, in denen sie ein kleines Stück des anderen Alberic zu sehen bekam, doch diese andere Persönlichkeit ihres Gatten faszinierte sie und sie begann, diese Seite Alberics zu begehren. Doch wie konnte sie ihn dazu bringen, ihr mehr davon zu zeigen? Vielleicht sollte sie es heute Abend versuchen? Allein der Gedanke daran verschaffte ihr ein süßes Prickeln. Auf einmal konnte sie es gar nicht erwarten, dass es Abend wurde. Seufzend legte sie die letzte Rübe in ihren Korb und erhob sich. Ein Lächeln glitt über ihre Züge und es blieb an ihr haften, als sie den Garten durchquerte und die Küche betrat.

„Gibt es einen besonderen Grund für dieses Lächeln?“, fragte Emma mit einem Augenzwinkern.

„Vielleicht“, antwortete Gisela lachend und stellte ihren Korb auf den Tisch.

„Du solltest nicht so viel arbeiten, Herrin“, sagte Emma vorwurfsvoll.

„Ich werde verrückt, wenn ich nichts zu tun habe“, antwortete Gisela und begann, die Rüben zu waschen und abzuschälen. „Alberic ist bei den

Pächtern und kommt erst am Abend zurück, Cheldric schläft und ich langweile mich zu Tode.“

„Ich würde den Jungen nicht zu lange schlafen lassen, sonst schläft er am Abend nicht ein. Eine Stunde Mittagsruhe ist genug in seinem Alter“, meinte Emma und schaute von ihrem Brotteig auf.

„Ich wecke ihn gleich, wenn ich hier fertig bin“, sagte Gisela und schnitt die geschälten Rüben in große Würfel.

Alberic war nicht zum Essen zurückgekehrt und Gisela hatte sich in ihr gemeinsames Gemach zurückgezogen, nachdem sie Cheldric zu Bett gebracht hatte. Ausgerechnet heute, wo sie sich vorgenommen hatte, ihren Gatten dazu zu bringen, ihr endlich seine andere Seite zu offenbaren, da kam er einfach nicht heim. Enttäuscht warf sie sich aufs Bett und starrte an die Decke. Ob ihm etwas passiert war? Je länger sie so auf dem Bett lag und an die Decke starrte, desto unruhiger wurde sie. Die Kerzen auf dem Tisch waren auch schon bedenklich weit heruntergebrannt, also erhob sie sich seufzend und steckte neue Kerzen in den Halter. Schließlich ging sie zum Fenster und starrte hinaus. Die Mauer war von Fackeln erleuchtet und sie konnte die Wachen patrouillieren sehen.

„Wo bist du, Alberic?“, flüsterte sie besorgt. Sie umarmte sich selbst, um sich etwas Trost zu spenden. Doch es half nicht viel gegen die nagende Unruhe, die sie verspürte. „Bitte, komm gesund heim.“

Reiter tauchten im Schein der Fackel auf und Gisela verrenkte sich den Hals, um sehen zu können. War es Alberic? Ihr Blick fiel auf einen der

Reiter und obwohl sie im flackernden Licht der Fackeln sein Gesicht nicht von hier aus erkennen konnte, wusste sie, dass er es war. Erleichterung durchflutete sie und sie biss sich auf die Unterlippe. Endlich! Er war zurück. Sie würde schnell ein Bad für ihn herrichten lassen. Sicher war er müde von dem langen Tag im Sattel. Eilig lief sie aus dem Gemach, um das Bad in Auftrag zu geben.

***

Alberic trieb sein Pferd durch das geöffnete Tor und Erleichterung durchflutete ihn. Er war endlich zu Hause. Bei ihrem Ritt von Pächter zu Pächter waren sie auf das brennende Haus eines seiner Pächterfamilien gestoßen. Sie hatten das Feuer nicht löschen, doch zum Glück die gesamte Familie retten können, die gefesselt in der angrenzenden Scheune gelegen hatte. Nur wenig später, und auch die Scheune hätte in Brand gestanden und alle, die in ihr waren, wären getötet worden. Alberic und seine Männer waren gerade noch rechtzeitig gekommen. Was sie nicht mehr ändern konnten, war die traurige Tatsache, dass die Männer, die die Familie überfallen hatten, die Frau und die ältere Tochter mehrfach vergewaltigt hatten.

Nach der Rettung der Familie hatte Alberic zwei Männer dagelassen und war mit Tassilo, Odo und Dudon den Schurken nachgeritten. Es hatte Stunden gedauert, bis sie die sechs Kerle aufgespürte hatten, und der Kampf war hart gewesen, doch alle sechs waren tot und keiner seiner Männer war ernsthaft verletzt.

Jetzt freute sich Alberic nur noch auf die

Umarmung seines lieblichen Weibes und einen guten Krug Ale.

„Hab mich selten so sehr auf mein Bett gefreut", stöhnte Tassilo neben ihm und ließ sich von seinem Pferd gleiten.

„Geht mir auch so", brummte Alberic und schwang sich ebenfalls aus dem Sattel. Sie übergaben ihre Pferde einem der Knechte und gingen zusammen auf die Eingangstreppe zu.

„Ich werde Ogiva fragen, ob sie meine müden Knochen ein wenig durchkneten mag", sagte Tassilo mit einem schiefen Grinsen.

„Oh, Ogiva ist es jetzt, ja?", neckte Alberic seinen Freund.

„Diesmal ist es ernst", schwor Tassilo. „Und glaub ja nicht, dass sie mich zwischen ihre weißen Schenkel lässt. Nicht Ogiva. Die krieg ich erst dann in mein Bett, wenn ich den kirchlichen Segen dazu habe. Und ich bin geneigt, das auf mich zu nehmen, um sie zu bekommen. Könnte mir Schlimmeres vorstellen, als den Rest meines Lebens mit ihr zu verbringen."

„Hast du deinen Herrn schon um Erlaubnis gefragt?", witzelte Alberic.

Tassilo lachte.

„O, ich glaube nicht, dass er was dagegen hat. Er ist selbst ein ganz notgeiler Bock, der es nicht erwarten kann, seinem Weib unter den Rock zu kriechen."

Alberic boxte ihn in die Seite.

„Vorsicht, Mann, sonst setzt dein Herr dich noch vor die Tür."

Sie betraten lachend die Halle.

***

Gisela wartete gebannt. Gerade hatten die Mägde, die das Bad bereitet hatten, das Gemach verlassen, als sie auch schon Alberics Lachen auf dem Gang vernahm. Sie hörte Tassilo etwas sagen, dann war es still, bis auf die sich nähernden Schritte. Gisela strich sich zum widerholten Male über die Haare und glättete ihre Übertunika, als die Tür sich öffnete und Alberic in den Raum trat. Er sah müde aus. Sein Gesicht war geschwärzt und seine Kleidung zum Teil aufgerissen und blutig. Erschrocken schlug Gisela die Hände vor den Mund.

Alberic schloss die Tür hinter sich.

„Das meiste Blut ist nicht von mir“, versicherte er und schenkte ihr ein schiefes Grinsen.

Erleichtert lief Gisela auf ihn zu und warf sich in seine Arme.

„Vorsicht!“, warnte er. „Ich ruiniere deine schöne Tunika.“

„Das ist mir egal!“, sagte sie. „Ich hab dich so vermisst.“

Alberic zog eine Augenbraue hoch.

„Ich war nur den Tag über fort“, sagte er.

„Aber ich hab mit dir schon zum Abendessen gerechnet und ich fing an, mir Sorgen zu machen.“ Sie musterte ihn kritisch. „Und wie ich sehe, zu Recht! Was ist passiert?“

Alberic warf einen Seitenblick auf das dampfende Bad.

„Was dagegen, wenn ich dir alles erzähle, während ich bade?“, fragte er müde. „Mir tun sämtliche Knochen weh.“

„Natürlich“, versicherte Gisela schnell. „Was bin

ich nur für eine egoistische Gattin. Frage dir Löcher in den Bauch, anstatt mich vernünftig um dich zu kümmern. Komm! Lass mich dir aus deinen Sachen helfen."

Als Alberic in dem warmen Wasser saß, nahm Gisela einen Schwamm und begann, ihn vorsichtig zu säubern, während er ihr berichtete, was ihn so lange aufgehalten hatte.

„Was wird jetzt aus der armen Familie?", wollte Gisela wissen.

„Ich habe ihnen zwei Mann dagelassen, die ihnen helfen, so schnell es geht eine behelfsmäßige Unterkunft zu bauen und ihnen die Abgaben für dieses und für das nächste Jahr erlassen. Sie sind gute Leute und ich möchte ihnen genug Zeit geben, sich von dem Schlag zu erholen. Einige der Tiere konnten fliehen und wurden wieder eingefangen. Auch die Felder sind zum Glück unversehrt. Ich werde ein Auge auf sie haben, dass sie gut über den Winter kommen."

Er ließ sich tiefer in das warme Wasser gleiten und schloss seufzend die Augen.

„Ist mein Herr jetzt fertig gebadet?", fragte Gisela nach einer Weile des Schweigens.

Alberic öffnete bei der ungewöhnlichen Anrede die Augen, sagte aber nichts, sondern nickte nur.

Gisela, die neben der Wanne gekniet hatte, erhob sich und griff nach dem Trockentuch. Alberic stand auf und stieg aus dem Bad. Gisela machte sich daran, ihn gründlich abzutrocknen. Als sie mit seinem Oberkörper fertig war, ging sie vor ihm auf die Knie und trocknete seine Beine bis hinauf zu seiner Männlichkeit, die mittlerweile stolz aufgerichtet stand.

Gisela schaute zu ihrem Gatten hinauf. Sein Blick hatte sich verklärt und die dicke Ader an seinem Hals pochte wild. Als sie sein Glied mit ihrer Hand umfasste, sog er scharf die Luft ein.

„Wirst du mich heute so lieben, wie du es in deinen Fantasien tust, Herr?“, fragte sie heiser.

Alberics Hand griff in ihr langes Haar, zog ihren Kopf in den Nacken. „Du weißt nicht, wonach du fragst“, erwiderte er rau.

„Ich will es“, versicherte Gisela und begann, ihn mit ihren Lippen zu verwöhnen. Sein Griff in ihren Haaren wurde fester und sein Atem ging heftiger.

„Gott, Gisela. Du solltest das nicht von mir verlangen“, keuchte er, doch er lockerte seinen Griff in ihren Haaren nicht. Sein Leib fing an zu zittern, als er versuchte, sich unter Kontrolle zu behalten.

Gisela ließ von ihm ab, erhob sich und wich ein paar Schritte zurück. Mit verführerischen Bewegungen begann sie, sich zu entkleiden, und genoss das Feuer in seinen dunklen Augen. Sie fühlte sich herrlich dreist, als sie nackt vor ihm stand und seine Blicke auf ihrer erhitzten Haut spürte.

„Bitte, Herr“, flüsterte sie, ihn unter gesenkten Lidern ansehend. „Ich gehöre dir. Schenk mir diesen letzten Teil, den du mir bisher vorenthalten hast.“

Sie beobachtete, wie er mit sich kämpfte. Einen Moment befürchtete sie, er würde ihren Wunsch erneut abweisen, doch dann kam er mit zwei langen Schritten auf sie zu und riss sie an sich, um ihren Mund mit einem brutalen Kuss zu verschließen. Giselas Herz hämmerte wild. So hatte er sie nie zuvor geküsst. Seine Zunge plünderte ihren Mund

und sie spürte die Wirkung dieses Kusses bis hinab in ihre pulsierende Weiblichkeit. Er ließ sie los und musterte ihr Gesicht. Sie hielt seinem forschenden Blick stand, obwohl ihr Herz beinahe schmerzhaft gegen ihre Rippen hämmerte.

„Geh auf die Knie“, sagte er rau und sie gehorchte augenblicklich. „Dort in der Truhe ist ein Seil. Hol es!“

Gisela brauchte einen Moment, bis sie verstand, dass er von ihr erwartete, dass sie auf ihren Händen und Knien bis zu der Truhe kriechen sollte, doch sie gehorchte mit klopfendem Herzen. Bei der Truhe angelangt, öffnete sie den Deckel und wühlte in den Kleidungsstücken, bis sie das Seil gefunden hatte. Sie brachte es auf allen vieren zu ihm zurück und reichte es ihm.

„Steh auf“, befahl er weiter.

Sie erhob sich und stand zitternd und erwartungsvoll vor ihm. Er fasste sie am Arm und anstatt zum Bett führte er sie zur Wand. Gisela warf ihm einen irritierten Blick zu.

„Was ...?“, wollte sie fragen, doch er legte ihr einen Zeigefinger an die Lippen.

„Kalte Füße?“, raunte er ihr ins Ohr.

Sie schüttelte den Kopf.

„Gut“, flüsterte er und drehte sie mit dem Gesicht zur Wand. Gisela spürte seinen heißen Atem in ihrem Nacken und erschauerte. Sie hatte keine Ahnung, was er vorhatte, doch sie spürte, dass ihr Körper bereits mehr als bereit für ihn war. Eine Hand glitt von hinten zu ihrem flachen Bauch und dann langsam aufwärts. Er umfasste eine ihrer Brüste und knetete sie erst sanft, dann fester, ehe sie zu der anderen Brust wanderte und dieser ebenfalls dieselbe Aufmerksamkeit zukommen ließ. Währenddessen verteilte Alberic heiße Liebesbisse in ihrem Nacken und Schultern. Sie stöhnte leise.

„Streck deine Hände über den Kopf", raunte er und sie gehorchte. Er band ihr das eine Ende des Seils um die Handgelenke und warf das andere Ende zur Decke. Gisela schaute nach oben. Sie hatte den von der Decke hängenden Haken zuvor nie bemerkt, um den sich jetzt das Seil geschlungen hatte. Alberic fing das herunterhängende Ende wieder auf und zog daran, bis ihre Arme ganz gestreckt waren. Er befestigte das Ende an einem Haken weiter unten in der Wand, dann trat er zurück und ließ Gisela im Ungewissen darüber, was er weiter mit ihr vorhatte.

„Du bist wunderschön", hörte sie ihn hinter sich flüstern. „Dreh dich zu mir um."

Langsam kam sie seiner Aufforderung nach und wandte sich zu ihm um. Zu ihrem Erstaunen fand sie ihre hilflose Lage nicht beängstigend, sondern erregend. Sie war ihm ausgeliefert. Er konnte mit ihr tun, was er wollte. Sie hatte sich darauf eingelassen. Freiwillig. Es war, was sie wollte. Sie wollte ihm vollständig gehören. Atemlos wartete sie darauf, dass er näher kam. Er ließ sich Zeit, musterte sie gründlich, als er langsam auf sie zukam. Schließlich stand er ganz dicht vor ihr, seinen Blick auf ihre halb geöffneten Lippen gerichtet. Er hob eine Hand und legte sie unter ihr Kinn, um es emporzuheben. Sein Blick bohrte sich in ihren und ihr Schoß zog sich erwartungsvoll zusammen. Als hätte er ihre geheimsten Wünsche gelesen, ließ er eine Hand zwischen ihre Schenkel gleiten und erforschte ihre feuchte Weiblichkeit. Er stieß probend mit einem Finger in sie und sie stöhnte leise. Die ganze Zeit hielt er ihren Blick gefangen.

„So sehr willst du mich, meine Kleine?“, sagte er neckend. „Nur schade, dass ich beschlossen habe, dass du noch lange nicht in den Genuss kommen wirst. Wollen wir einmal deinen Gehorsam testen?“

Gisela wusste nicht, was er damit meinte, doch sie wusste, dass sie ihn in sich haben musste. Bald. Sie sehnte sich wie verrückt nach ihm. Als einer seiner forschenden Finger ihre Perle fand, stöhnte sie erneut auf. Doch anstatt ihren Liebesknoten zu massieren, legte er seinen Finger nur leicht auf den empfindlichen Punkt. Sie stöhnte erneut.

„Neue Regeln“, raunte er. „Es ist dir nicht erlaubt, einen Laut von dir zu geben, und du darfst dich nicht bewegen.“

„Bitte“, flehte sie und unterdrückte ein erneutes Stöhnen.

„Nein, meine Kleine“, sagte er mit einem kleinen, grausamen Lächeln. „Du wolltest es so, jetzt gibt es kein Zurück mehr.“

Er senkte seinen Mund auf ihren und küsste sie. Ihre kleine Perle pochte vor Verlangen und sie wünschte sich, er würde sie endlich reiben und ihr die Erfüllung schenken, die sie so sehr ersehnte, doch er verharrte still und küsste sie stattdessen voller Hunger. Er ließ den Finger nur kurz über die Perle streifen und verharrte erneut. Doch diese kleine Bewegung war wie ein Blitzschlag in ihren Schoß gefahren und sie war froh, dass ihr Stöhnen von seinem Kuss verschluckt wurde. Doch sie brauchte mehr. Als sie es nicht mehr aushielt, rieb sie sich gegen ihn und sofort nahm er seine Hand von ihr und löste den Kuss.

„So ein unartiges Ding bist du“, sagte er kopfschüttelnd

„Ich kann es nicht mehr aushalten“, flüsterte sie. „Bitte. Ich brauche dich.“

„Da es dein erstes Mal ist, werde ich dich nicht so lange quälen“, raunte er und wand sie in seinen Armen, dass sie erneut mit dem Gesicht zur Wand stand. Er lockerte das Seil ein klein wenig, sodass sie sich an der Wand abstützen konnte, dann drängte er sich von hinten an sie. Sie konnte seine Härte spüren, die sich verlangend gegen sie presste, und Vorfreude ließ ihren Schoß prickeln. Er spreizte ihre Schenkel ein wenig und ließ eine Hand zwischen ihre Beine gleiten.

„Wem gehörst du?“, raunte er ihr heiser ins Ohr.

„Dir“, gab sie keuchend zurück. Sie schrie auf, als er mit einem festen Stoß in sie drang. Er schlang einen Arm um sie herum und ließ seinen Finger zu ihrer Perle gleiten. Mit einigen festen Stößen und den kreisenden Bewegungen seines Fingers brachte er sie über die Klippe. Als sie sich zuckend um ihn herum zusammenzog, kam auch er warm und pulsierend in ihr. Erschöpft ließ sich Gisela gegen die Wand fallen. Ihre Beine zitterten. Alberic löste ihre Fesseln und hob sie auf seine Arme, um sie zum Bett zu tragen. Er streckte sich neben ihr aus und schloss sie in seine Arme.

„Ich liebe dich“, flüsterte er belegt.

„Ich liebe dich auch“, gab sie zurück und kuschelte sich tiefer in seine starken Arme. „Und ich bin so froh, dass du mir nun endlich ganz gehörst. Es hat mir nicht gefallen, dass du mir einen Teil deiner Persönlichkeit vorenthalten hast.“

„Ich wollte dich nicht damit erschrecken.“

„Du hast mich nicht erschreckt“, antwortete sie lächelnd. „Und ich bin auch nicht zerbrochen.“

„Nein, du bist eine erstaunlich zähe kleine Person“, sagte er zärtlich.

„Wirst du heute Nacht besser schlafen können?“, fragte sie. „Oder wirst du mir wieder abhauen?“

„Ich werde schlafen wie ein Kleinkind“, murmelte Alberic und küsste sie auf die Stirn.

Kapitel 14

„Cheldric!“, rief Gisela streng. „Lass deine Cousins in Ruhe!“

„Ach, lass nur“, winkte Ylfa lachend ab. „Erik und Thoralf können ruhig mal sehen, wie es ist, wenn man andauernd genervt wird. Bei Odin, die beiden bringen mich manchmal um den Verstand.“

„Vielleicht wird es diesmal ein süßes kleines Mädchen“, meinte Gisela und legte ihre Hand auf Ylfas gewölbten Leib.

Ylfa lächelte.

„Wenn sie so wird wie ich, dann wird es nichts mit klein und süß.“

„Na ja, sie wird sich gegen zwei große Brüder behaupten müssen“, erwiderte Gisela lachend.

Eine kühle Brise ließ Gisela erschauern und sie zog ihren Umhang enger um sich herum.

„Ich glaube, wir werden einen frühen Winter bekommen“, meinte Ylfa und atmete tief durch. „Es liegt Schneeduft in der Luft. Vielleicht müssen wir unseren Besuch hier länger ausdehnen als gedacht.“

„Ich hätte nichts dagegen“, sagte Gisela und legte ihrer Freundin eine Hand auf den Arm. „Ich hab euch gern hier. Ich liebe Alberic und bin gern mit ihm zusammen, doch es ist auch schön, von Zeit zu

Zeit einmal mit einer Freundin zu reden."

„Ich bin froh, dass zwischen dir und Alberic jetzt alles so gut läuft. Ich bin erstaunt, dass er mir überhaupt verziehen hat, dass ich ihm damals nicht gesagt habe, wo du steckst."

„Du hattest mir ein Versprechen gegeben und du bist eine loyale Freundin. Loyalität ist etwas, das Alberic sehr gut versteht und zu schätzen weiß. Er hält sehr viel von dir, das hat er mir gesagt."

„Es wird wirklich kühl", sagte Ylfa, als der Wind erneut auffrischte. „Wir sollten nach drinnen gehen."

„Ja, du hast recht. Die Kinder könnten eine warme Milch vertragen und wir einen guten Kräuteraufguss", stimmte Gisela zu.

Wie aus dem Nichts legte sich plötzlich eine Hand auf ihren Mund und eine kalte Klinge drückte gegen ihre Kehle. Aus den Augenwinkeln sah sie, dass es Ylfa ähnlich erging.

„Ja, es wird Zeit, zu gehen", raunte eine Stimme ihr ins Ohr. „Aber nicht nach drinnen, Schätzchen."

Ylfa versuchte, sich zu wehren, doch der Mann, der sie hielt, hatte seinen Dolch gegen ihren Bauch gepresst und knurrte: „Wenn du nicht parierst, schlitz ich dir den Balg aus dem Bauch."

Die beiden Männer zogen sie von der Bank und zu der geöffneten Geheimluke, die sich kurz dahinter befand. Ein dritter Mann hielt die Luke offen, damit ihre Entführer sie in das dunkle Loch hineinzerren konnten. Voller Horror sah Gisela, wie die Luke sich hinter ihnen schloss und die Dunkelheit sie einhüllte, bis ihre Augen sich an das schwache Licht der Kerze in der Laterne, die der dritte Mann vor ihnen hertrug, gewöhnt hatte. Hinter sich hörte sie

Ylfas unterdrücktes Fluchen. Gisela war sicher, dass nur die Sorge um ihr ungeborenes Kind die Wikingerin davon abhielt, sich ernsthaft zu wehren. Sie kannte Ylfa gut genug, um zu wissen, dass sie es locker mit den Männern aufnehmen könnte, wäre sie nicht in Umständen.

Der dunkle, kalte Tunnel schien kein Ende zu nehmen, doch als Gisela schon glaubte, nie wieder Tageslicht zu sehen, blieb der Mann vor ihr stehen und klopfte gegen die Decke. Unverzüglich öffnete sich eine Luke über ihnen und der Mann mit der Laterne kletterte hinaus, dann wurde sie hinaufgehoben und von dem Laternenträger entgegengenommen.

Giselas Blick fiel auf die Frau, die ihnen den Deckel geöffnet hatte.

„Moschia?", fragte sie perplex. „Was …? Warum …?"

Moschia lachte bitter.

„So sieht man sich wieder, Herzchen", höhnte die junge Frau, die ihr das vergiftete Fleisch auf den Teller gelegt hatte.

„Lass uns sehen, dass wir hier wegkommen", sagte der Mann, der Gisela hielt.

Moschias Blick glitt zu Ylfa, die gerade aus dem Loch gehoben wurde.

„Was soll das denn?", fragte Moschia und schaute den Mann, der Gisela hielt, wütend an. „Wir wollten nur die Frau von Alberic."

„Sie war mit ihr zusammen im Garten", erklärte der Mann, der Ylfa hielt. „Konnten sie schlecht zurücklassen. Sie hätte sicher sofort den Grafen informiert."

Gisela dachte mit Schrecken an die Kinder. Ob sie

etwas gesehen hatten? Sie hoffte, dass sie Alberic und Fulk über ihr Verschwinden informierten und die Männer sie retten konnten. Sie hatte das Gefühl, dass diese Moschia nichts Gutes im Schilde führte. Sie wunderte sich nur, warum die Kerle ihr nicht einfach die Kehle durchgeschnitten hatten. Was hatten sie nun vor?

Die Frau wandte sich abrupt ab und stapfte in Richtung der Pferde, die ein Stück weiter an einem Baum gebunden standen. Gisela wurde hinterhergezerrt. Als sie die Tiere erreichten, wurde Gisela auf eines der Pferde gesetzt und ihr Entführer schwang sich hinter ihr in den Sattel. Als alle aufgesessen waren, sprengten sie im Galopp davon.

***

„Vater!“, riefen Erik und Thoralf wie aus einer Kehle. Thoralf hatte den jüngeren Cheldric huckepack genommen und war ganz rot vor Anstrengung.

„Was ist denn?“, fragte Fulk und schaute seine Söhne besorgt an.

Alberic trat näher und nahm Thoralf die Last vom Rücken.

„Was ist passiert?“, wollte auch Alberic wissen. „Wo sind eure Mütter?“ Er hatte ein furchtbar ungutes Gefühl in der Magengegend und ein Blick auf seinen Schwager bestätigte, dass auch Fulk spürte, dass etwas Furchtbares passiert sein musste.

„Männer!“, rief Erik aufgeregt. „Drei Stück! Sie ... sie haben Mutter und Tante Gisela.“

„Wo?“, fragte Alberic eindringlich.

„Loch im Boden“, ergänzte Thoralf atemlos.

Alberic schaute sich um und rief eine vorbeilaufende Magd zu sich und trug ihr auf, sich um die Kinder zu kümmern, dann rief er nach Tassilo, der sofort vom Exerzierplatz angerannt kam.

„Die Frauen wurden entführt“, erklärte Fulk. „Lass drei Pferde satteln. Wir reiten sofort.“

Tassilo rannte in den Stall. Wenig später standen drei Pferde gesattelt im Hof und die Männer stiegen auf. Das Tor wurde geöffnet und die drei Reiter trieben ihre Pferde hinaus und um die Burg herum, wo das Ende des Tunnels in einem kleinen Wäldchen verborgen lag.

„Es sind vier Pferde“, sagte Tassilo, der die Spuren in dem weichen Waldboden untersuchte. „Zwei von ihnen tragen zwei Reiter. Also haben wir es mit vier Entführern zu tun. Sie sind dort entlang geritten.“

Alberic nickte grimmig.

„Steig auf“, sagte er. „Wir wollen sie so schnell es geht einholen.“

„Aber sie dürfen uns nicht bemerken“, wandte Fulk ein. „Ich will das Leben unserer Frauen und das des Kindes nicht gefährden. Sie werden sicher irgendwo anhalten, dann schnappen wir sie.“

„Gut“, stimmte Alberic zu. „Ich will, dass mindestens einer am Leben bleibt. Ich will wissen, was das alles soll. Es muss einen Grund für diese Entführung geben.“

***

Sie waren eine Weile im Flussbett geritten und Gisela wusste, dass dies dazu dienen sollte, ihre

Spuren zu verwischen. Sie fragte sich, ob Alberic und Fulk schon hinter ihnen her waren. Sicher mussten sie ihr Verschwinden mittlerweile bemerkt haben. Noch immer hatte sie keine Ahnung, was die Entführer mit ihnen vorhatten. Und was hatte es mit dieser Moschia auf sich? Erst versuchte die Frau, sie zu vergiften, und jetzt entführte die falsche Magd sie. In welcher Beziehung stand sie zu den Männern, die ihr halfen? Es war offensichtlich, dass sie den Ton angab, und Gisela hatte den Verdacht, dass der Mann, der hinter ihr auf dem Pferd saß, mit Moschia liiert war. Die anderen beiden Männer könnten Brüder ihres Entführers sein, denn sie hatten ähnliche Statur und Gesichtszüge.

Sie verließen das Flussbett und ritten die Böschung hinauf. Oben angekommen, stießen sie auf einen relativ stark frequentierten Weg, doch die Entführer folgten nicht dem Weg, sondern trieben die Pferde im Galopp über die hügelige Wiese auf einen großen Wald zu. Gisela hatte keine Ahnung, wie lange sie schon unterwegs waren. Es schien bald dunkel zu werden und sie fragte sich bange, ob Alberic und Fulk sie rechtzeitig finden würden, ehe die Entführer ihnen etwas antaten.

***

„Sie sind hier ins Wasser geritten“, sagte Fulk.

„Sie wollen ihre Spur verwischen“, erwiderte Alberic und rieb sich das Kinn. „Ihr beide reitet nach rechts, ich gehe nach links.“

„Gut!“, stimmte Fulk zu.

Sie trennten sich, doch schon nach kurzer Zeit hörte Alberic Fulks Ruf: „Sie sind hier lang!“

Alberic wendete sein Pferd und ließ es am Fluss entlangsprinten, bis er Fulk und Tassilo erreichte. Fulk hielt einen funkelnden Armreif in den Händen.

„Hier!“, sagte er aufgeregt. „Der gehört Ylfa. Sie muss ihn ans Ufer geworfen haben, um uns den Weg zu zeigen.“

Alberic grinste.

„Schlaues Mädchen“, sagte er anerkennend.

Fulk grinste zurück.

„Ich sage dir, wenn mein Weib nicht in Umständen wäre, dann würden die Entführer jetzt schon tot und mit ihren Schwänzen in ihren Mündern am Wegrand liegen.“

„Wir kriegen sie und dann sind wir es, die den Hurensöhnen die abgetrennten Schwänze in den Mund schieben“, knurrte Alberic.

Tassilo lachte.

„Erinnert mich daran, dass ich mich nie mit dir anlege“, sagte er lachend. „Oder mit deinem Weib, Fulk.“

„Wir kriegen sie nie, wenn wir nicht aufbrechen“, trieb Fulk zur Eile und Alberic und Tassilo nickten zustimmend.

Sie folgten dem Fluss, bis sie die Stelle fanden, an der die Entführer das Wasser verlassen hatten.

***

Sie erreichten eine kleine Hütte, die versteckt im Wald lag. Es war beinahe dunkel jetzt und Giselas Herzschlag beschleunigte sich bei dem Gedanken daran, dass Alberic vielleicht zu spät kommen würde. Was sollte sie tun? Sie wollte nicht riskieren, dass man Ylfa etwas antat. Sie trug ein Kind unter dem Herzen und ihre Jungen brauchten ihre Mutter. Außerdem hielt sie es ohnehin für ausweglos, es mit drei Männern und einer gemeingefährlichen Frau aufzunehmen.

Die Tür der Hütte öffnete sich, und eine ihr bestens bekannte Person erschien auf der Schwelle. Gisela schlug sich die Hand vor den Mund.

„Freust du dich, mich wiederzusehen?“, höhnte die Person und lachte irre.

„Fara?“, stieß Gisela ungläubig aus. „Was ...?“

„Ja, ich bin es, du falsche Schlange“, spie Fara ihr entgegen. „Und was du hier siehst, ist das Werk deines sauberen Mannes. Hübsch, nicht wahr?“

Gisela starrte auf die entstellte rechte Seite von Faras Gesicht. Sie konnte sich kaum vorstellen, dass Alberic ihr das wirklich angetan hatte. Er war kein Mann, der Gewalt gegenüber Frauen guthieß.

„Was willst du?“, fragte Gisela ruhig. „Wozu das Ganze hier? Hast du Moschia beauftragt, mich zu vergiften?“

Fara verzog den Mund zu einem hämischen Grinsen.

„Ja, ich gab ihr den Auftrag“, bestätigte sie. „Doch nachdem ich gehört hatte, dass du den Anschlag überlebt hast, kam ich zu dem Entschluss, dass es ohnehin befriedigender wäre, dich langsam sterben zu sehen. Wegen dir hat Alberic mich vom Hof gejagt. Ich fand Unterschlupf im Dorf, doch nachdem dein Gatte mein Leben dort bedrohte, musste ich fliehen. Ich wurde überfallen und sie vergingen sich an mir, danach warfen sie mich ins Feuer. Einer von ihnen zog mich aus den Flammen und löschte sie, doch wie du siehst, hatte das Feuer bereits meine rechte Körperhälfte entstellt.“

Giselas Herz sank. Sie hatte gedacht, Fara nie wieder zu sehen, und als nach Moschias Mordversuch einige Zeit vergangen war, hatte sie auch das vergessen. Sie hatte sich sicher gefühlt auf Burg Trugstein. Ein Fehler, wie sich nun herausstellte. Sie unterdrückte das Mitleid, das sie für Fara wegen ihrer Entstellung empfand.

„Wie kommt es, dass du jemanden wie Moschia anheuern kannst? Sie hat es sicher nicht umsonst gemacht. Und wer sind diese Kerle?“, fragte Gisela.

Moschia trat vor Gisela und packte sie grob bei den Haaren. Nur mit Mühe konnte Gisela einen Schmerzensschrei unterdrücken. Der Hass in den Augen der Frau war ihr unerklärlich. Wenn sie nur einen Auftrag ausführte, warum dann dieser offensichtliche persönliche Groll?

„Ich bin ihre Schwester“, spie die Frau ihr ins Gesicht. „Und die Männer sind mein Gatte und seine Brüder.“

Gisela schluckte. Der Hass, der ihr entgegenstieg, war so potent, dass sie meinte, ihn fast greifen zu können. Trotz ihrer Angst schaffte sie es, der Frau in die Augen zu sehen.

„Ich habe das Vergnügen, dich zu töten“, sagte die Frau mit einem gemeinen Lächeln.

***

Alberic ballte die Hände zu Fäusten, als er die Worte der Frau vernahm. Er wäre am liebsten vorwärtsgestürmt und hätte diesem Weib seine Klinge direkt in ihr schwarzes Herz gestochen.

Fulk musste seine Anspannung gespürt haben, denn er legte eine Hand beschwichtigend auf seine

Schulter.

„Ich nehme mir den vor, der Ylfa hält“, sagte Fulk. „Du schnappst dir den Mann, der Gisela hält, und Tassilo, du kümmerst dich darum, dass uns keiner der anderen in die Quere kommt.“

Alberic und Tassilo nickten. Gemeinsam schlichen sie durch das Unterholz, das so dicht war, dass sie ungesehen so weit an die Hütte herankonnten, dass sie mit nur einem Sprung bei ihren Opfern sein würden.

Alberic stieß einen kurzen Pfiff aus und sie stürzten zeitgleich aus dem Gebüsch. Alberic packte den Mann, der Gisela hielt, und schlitzte ihm die Kehle auf, während er der Frau vor seinem Weib einen kräftigen Tritt in den Unterleib verpasste, dass sie rücklings in die Arme ihrer Schwester taumelte. Fulk hatte den Mann bei Ylfa ausgeschaltet und Tassilo hielt dem dritten Mann ein Messer an die Kehle.

Fara und ihre Schwester schrien und rappelten sich auf. Fulk schnappte sich Faras Schwester, während Alberic Fara fest am Arm packte. Sie stießen die beiden Frauen grob ins Innere der fensterlosen Hütte und verschlossen die Tür.

Alberic drehte sich zu Gisela um und atmete erleichtert durch, als er sah, dass sie unversehrt war. Mit zwei Schritten war er bei ihr und riss sie in seine Arme.

„Gott, Gisela“, raunte er. „Ich hab solche Angst um dich gehabt.“

„Ich bin so froh, dass du gekommen bist“, sagte Gisela und vergrub ihr Gesicht an seiner Brust.

„Hast du gedacht, ich würde dich nicht finden?“, fragte er rau. „Es gibt nichts und niemand, der mich davon abhalten könnte, zu dir zu kommen, wo immer du mich brauchst. Ich liebe dich, mein Weib."

„Und ich liebe dich, mein Gatte", erwiderte Gisela und schaute zu ihm auf. „Ich ... ich hab dir noch etwas zu sagen, was ich dir bisher verschwiegen habe."

Alberic hob fragend eine Augenbraue.

„Und das wäre?"

„Ich ... ich war mir erst nicht sicher, deswegen habe ich nichts gesagt, doch seit ein paar Tagen habe ich immer mehr Gewissheit, dass ... dass ich ... wir ein Kind bekommen."

„Was?", rief Alberic und hielt sie auf Armeslänge, um sie ungläubig anzustarren. „Was hast du gesagt?"

„Dass du Vater wirst, du Esel", mischte sich Fulk lachend ein.

Ylfa umarmte Gisela und küsste sie auf beide Wangen.

„Ich freue mich für euch", sagte sie.

Alberic fühlte sich zum ersten Mal in seinem Leben sprachlos. Er blickte von einem zum anderen, dann riss er sein Weib erneut an sich und gab ihr einen geräuschvollen Kuss auf die Wange.

„Ein Kind?", fragte er noch einmal und sie nickte mit leuchtenden Augen.

„Ja, Liebster", sagte sie sanft. „Du wirst Vater."

Epilog

„*Verdaaamt!*“, schrie Gisela und verzog vor Schmerz das Gesicht.

Neben ihr brach Ylfa in Gelächter aus.

„Hab ich dich eben wirklich fluchen hören?“, fragte sie lachend.

„Ich finde das nicht komisch“, sagte Gisela gepresst. „Du hast mir nicht gesagt, dass das so ... aaaaahhhhh ... Verdammt!“

„Es ist bald da, Herrin“, sagte die Hebamme, die vor dem Fußende des Bettes auf einem Schemel saß.

Gisela spürte erleichtert, wie die Wehe verebbte, und sie wandte sich ihrer Schwägerin zu.

„Wenn ich das hier nicht überlebe, dann kümmert euch um Alberic“, sagte sie fest. „Versprich es mir.“

„Was redest du für einen Unsinn“, wehrte Ylfa ab und griff nach Giselas Hand. „Du wirst nicht sterben.“

„An diesem Punkt glauben sie alle, dass sie sterben“, meldete sich die Hebamme zu Wort.

Gisela schnaubte empört darüber, dass man sie nicht ernst nahm.

„Ich meine es ernst“, sagte sie. „Ich spüre, dass ich ... aua, es geht schon wie-ieder lo-os!“

Ylfa fasste Giselas Hand fester.

„Drück ruhig feste zu“, forderte sie die Gebärende auf.

„Jetzt schieben“, ordnete die Hebamme an.

***

„Wenn du so weitermachst, bist du vollkommen betrunken, ehe dein Kind auf die Welt kommt“, sagte Fulk und schlug Alberic lachend auf den Rücken.

„Was ist, wenn ... wenn ihr oder dem Kind ... was passiert?“, fragte Alberic zum wiederholten Mal.

„Es wird schon alles gut gehen“, versuchte Fulk ihn zu beruhigen. „Ylfa hat zwanzig Stunden in den Wehen gelegen, doch sie war schneller wieder auf den Beinen, als du bis drei zählen kannst.“

„Aber Gisela ist so zierlich“, widersprach Alberic besorgt. „Die Hebamme sagt, dass es ein großes Kind ist.“

„Meine Schwester ist zäh. Sie schafft es.“

Ein Schrei durchbrach die Stille und Alberic zuckte zusammen. Beide Männer wandten den Blick zur Treppe. Erneut erklangen Schreie. Jetzt war auch Fulk erbleicht.

„Ist ... ist das normal, dass sie ... so schreit?“, fragte Alberic besorgt und Tränen rannen ihm über das Gesicht. Der Gedanke, dass seine geliebte Gattin solche Schmerzen erleiden musste, war unerträglich. Seine Hände krampften sich um die Lehnen seines Stuhls.

„Da!“, sagte Fulk. „Hör! Das Kind!“

Alberic lauschte. Die Schreie seines Weibes waren verstummt, stattdessen war jetzt das hohe Heulen eines Neugeborenen zu hören. Er betete zu Gott, dass Gisela in Ordnung war. Wie von der Tarantel gestochen, schossen beide Männer von ihren Stühlen hoch und eilten die Treppe hinauf.

***

Gisela strahlte, als die Hebamme ihr das Kind in den Arm legte. Stolz blickte sie in das runzelige Gesicht ihrer Tochter. Die Liebe, die ihr Herz erfüllte, war mit nichts zu beschreiben. Kaum zu glauben, dass sie und Alberic so ein zauberhaftes Wesen geschaffen hatten. Was für ein wunderbarer Beweis ihrer Liebe.

Eilige Schritte näherten sich und die Tür wurde aufgerissen. Alberic platzte in den Raum. Furcht stand in sein Gesicht geschrieben und seine Wangen waren feucht von Tränen. Sein Blick fiel auf sie und sie konnte förmlich sehen, wie ihm ein großer Stein vom Herzen fiel. Sein Blick erfasste das Bündel in ihrem Arm und er erstarrte für einen Moment in der Bewegung, ehe er umso hastiger an ihre Seite eilte und neben ihrem Bett auf die Knie fiel. Dass Ylfa und die Hebamme den Raum verließen, bekam sie nur am Rande mit. Ihr Blick ruhte auf dem Hünen von einem Mann neben ihr. Die Bestie von Trugstein weinte wie ein Kind und nie hatte sie diesen Mann mehr geliebt als in diesem Moment. Sie wusste, dass er im Kampf seinen Mann stehen konnte, und dass er jede Wunde mit zusammengebissenen Zähnen ertrug. Doch unter all den Muskeln und Sehnen steckte ein verletzlicher Mann.

„Ich liebe dich“, flüsterte er mit gebrochener Stimme.

„Ich liebe dich auch“, antwortete sie mit einem Lächeln.

„Was ... was ist es?“, fragte er belegt und schaute auf das Kind hinab, das die Augen halb geschlossen hatte.

„Ein Mädchen“, antwortete sie und hoffte, dass er nicht enttäuscht sein würde.

Ein Lächeln glitt über seine Züge. Er beugte sich vor und gab seiner Tochter einen sanften Kuss auf die runzelige Stirn.

„Ich gelobe, dass ich dich mit meinem Leben beschützen werde, Alessa Gisela von Trugstein.“

„Alessa“, murmelte Gisela, dann lächelte sie. „Das gefällt mir.“

Alberic schaute Gisela tief in die Augen und ihr wurde ganz warm ums Herz.

„Ich werde dafür sorgen, dass sie einen Gatten bekommt, der sie so sehr liebt, wie sie es verdient. Unsere Kinder sollen genauso glücklich werden, wie ich es bin“, sagte Alberic voller Überzeugung.

„Dann bereust du nicht, dass der König dich mit einem blassen, unscheinbaren Mädchen vermählt hat?“, fragte sie neckend.

„Es brauchte einfach nur ein wenig Zeit, bis aus dem kleinen Mädchen die schönste Frau geworden war, die die Welt je erblickt hat“, antwortete er.

„Jetzt übertreibst du“, sagte Gisela kichernd und schlug ihm spielerisch auf die Brust.

„Für mich bist du die schönste Frau“, sagte er ernst. „Und du wirst es immer bleiben.“

Alessa Gisela meldete sich lautstark zu Wort und Alberic schaute voller Sorge auf seine Tochter.

„Stimmt etwas nicht mit ihr?“

„Sie hat Hunger“, sagte Gisela lachend. Sie nahm

das Kind und entblößte eine Brust, um ihre Tochter anzulegen. Das Mädchen fand die süße Quelle sofort und begann, kräftig zu saugen. Gisela sog scharf die Luft ein.

„Was ist? Tut es weh?“, fragte Alberic.

„Ein wenig“, erwiderte Gisela leise lachend. „Ich hatte keine Ahnung, dass sie so kraftvoll saugen kann.“

„Sie will groß und stark werden“, sagte Alberic stolz.

„Aber nicht zu groß und zu stark“, protestierte Gisela. „Sie ist doch ein Mädchen.“

Alberic lachte leise.

„Wir werden sehen“, meinte er sinnend. „Ich werde ihr auf jeden Fall beibringen, sich zu verteidigen, und sie muss jagen können und ...“

„Alberic!“, sagte Gisela streng. „Kannst du damit wenigstens warten, bis sie etwas größer ist?“

„Hab ich dir schon gesagt, dass ich dich liebe?“, wechselte Alberic das Thema und legte sich vorsichtig neben Gisela. Er lag auf der Seite, den Kopf auf den Ellenbogen gestützt.

„Oft!“, beantwortete Gisela lachend seine Frage.

„Man kann es nicht oft genug sagen“, raunte er und schaute sie aus dunklen Augen verlangend an. „Wenn du genug Zeit hattest, dich von der Geburt zu erholen, plane ich, dir ganz oft zu zeigen, wie sehr ich dich liebe.“

„Ich kann es kaum erwarten“, gab sie flüsternd zurück und schloss erschöpft die Augen. Sie hatte alles, was sie brauchte, hier. Ihren wunderbaren Gatten und ihr Kind. Mit einem Lächeln auf den Lippen glitt sie in den Schlaf.

ENDE

Weitere Bücher von Cathy McAllister

Die Herz Trilogie Sammelband (Historical)

Fessel mein Herz – Die Herz Trilogie 1 (Novelle)

Bezwinge mein Herz – Die Herz Trilogie 2 (Novelle)

Rette mein Herz – Die Herz Trilogie 3 (Novelle)

Der Unbezähmbare (Historical)

Das Herz der Wölfin (Historical)

Angst im Paradies (Triller)

Geliebte Bestie (Triller-Romance)

Volcans Glut – Hüter der Elemente 1 (Romantasy)

Naios Begierde – Hüter der Elemente 1 (Romantasy)

Vom Prinzen gezähmt – Elven Lover 1 (Romantasy)

Die verbannte Braut (Historical)

Kidnapping Keela – Lords of Arr'Carthian 1 (SciFi Romance)

Fighting Lory – Lords of Arr'Carthian 1 (SciFi Romance)

Mehr über Cathy McAllister und ihre Bücher gibt es auf

www.cathymcallister-books.co.uk

Über Cathy McAllister

Geboren wurde Cathy McAllister im schönen Harz. Aufgewachsen ist sie in einer nordischen Kleinstadt, wo die Welt noch in Ordnung war und sich jeder kannte. Schon in der Grundschule war die Bücherei ihr Lieblingsplatz und sie hat kein Buch ausgelassen. Im Gegenteil. Manche Bücher hat sie bis zu zwanzig Mal gelesen.

In der Realschule fing sie an, selbst kleine Geschichten und Gedichte zu schreiben. Schon immer hatte sie eine viel zu große Fantasie.

Ihr erstes Buch brachte Cathy McAllister 2005 selbst heraus. Kurz darauf fand sie ihren ersten Verlag und bald hatte sie mehrere Bücher bei Verlagen wie C.Bertelsmann und Ullstein verlegt. Jedoch unter einem anderen Pseudonym.

Anfang 2009 ging Cathy McAllister mit ihrer Familie für fast zwei Jahre nach Westafrika. Dort entstand nach längerer Schreibpause auch ihr Thriller "Angst im Paradies". Als die Familie Ende 2010 zurück nach Europa (UK) kam, wagte Cathy McAllister den Versuch, ihre Bücher als Indie im Amazon Kindle Shop anzubieten und es lief recht schnell sehr gut an. Seit sie Dezember 2011 ihre erste Novelle "Fessel mein Herz" als Kindle eBook veröffentlicht habe, sind noch zwölf weitere deutsche eBooks und vier englische Übersetzung dazugekommen (Stand Mai 2013).

Mehr zu Cathy McAllisters Büchern und Projekten gibt es auf ihrer Webseite

www.cathymcallister-books.co.uk

3750871R00135

Printed in Germany
by Amazon Distribution
GmbH, Leipzig